75 YEARS

आपसे हैं हम

स्वप्न प्रेमी

कहानी-संग्रह

स्वप्न प्रेमी

दामोदर मावज़ो

अनुवाद

रमिता गुरव

राजकमल प्रकाशन

ISBN : 978-93-93768-15-5

मूल्य : ₹495

पहला संस्करण : 2022

प्रकाशक : राजकमल प्रकाशन प्रा. लि.
1-बी, नेताजी सुभाष मार्ग, दरियागंज
नई दिल्ली-110 002
शाखाएँ : अशोक राजपथ, साइंस कॉलेज के सामने, पटना-800 006
पहली मंजिल, दरबारी बिल्डिंग, महात्मा गांधी मार्ग, प्रयागराज-211 001
36 ए, शेक्सपियर सरणी, कोलकाता-700 017
वेबसाइट : www.rajkamalprakashan.com
ई-मेल : info@rajkamalprakashan.com

मुद्रक : बी.के. ऑफसेट
नवीन शाहदरा, दिल्ली-110 032

SWAPNA PREMI
Stories by Damodar Mauzo
Translated by Ramita Gurav

ख़ुद को शब्दांकित करने के लिए
मुझे चुनने की ख़ातिर
आभारी हूँ
अपनी सभी कहानियों का...

क्रम

हैप्पी बर्थ डे 9

कभी-कभी बच्चों से सीख लेनी चाहिए 24

इनसानों के देस में 40

कौए का श्राप 51

कहानीकार की कहानी 66

क़सम 98

करामात 105

दुनियादारी 114

स्वप्न प्रेमी 146

हैप्पी बर्थ डे

"हैलो, मैं आमोद बोल रहा हूँ—आमोद देसाई। फर्नांडीस, आई मीन, कैव्हीन फर्नांडीस है क्या?"

"हैलो, मिस्टर देसाई, मैं मिसेज़ फर्नांडीस बोल रही हूँ। कैव्हीन अभी बाबा को लेकर ग्राउंड पर गया है, फुटबॉल प्रैक्टिस के लिए। कुछ ही दिनों में उनका सिलेक्शन होनेवाला है ना। एनी मैसेज?"

कैव्हीन अकाउंट्स सेक्शन में काम करता है। जब भी कभी काम की वजह से उससे मिलना होता है...तब...सिर्फ़ अपने बेटे की ही बातें बताता रहता है। क्या खेलता है, क्या दिमाग़ पाया है! कल ही कैव्हीन कह रहा था कि जूनियर फुटबॉल टीम में अगर वह चुन लिया गया तो अगले महीने उसे टीम के साथ पंजाब जाना होगा...बेटा सिलेक्ट हो इसलिए पता नहीं कितनों की जेब गरम की होगी। ये मिसेज़ फर्नांडीस भी ना...अपने बेटे का गुणगान करने का एक भी मौक़ा नहीं गँवाती। फुटबॉल प्रैक्टिस के लिए गया है! हं!

"कुछ मैसेज है उसके लिए मिस्टर देसाई?"

"जी...जी हाँ। उसे ही नहीं, आपको भी। हमारे चैतन्य का, आई मीन माई सन, उसका बर्थ डे है। परसों, शनिवार को। शाम को हमारे यहाँ एक छोटी-सी पार्टी रखी है। आप दोनों को, आई मीन आप तीनों को हमारे घर आना है। इनविटेशन देने के लिए ही आपको फ़ोन किया है।"

"शनिवार मतलब सैटर्डे ना? बाबा की प्रैक्टिस ख़त्म होने में ही साढ़े सात बज जाते हैं। सिलेक्शन..."

"नो प्रॉब्लम, मिसेज़ फर्नांडीस। देर होती है तो हो जाने दीजिए, लेकिन आइएगा ज़रूर। आई एम काउंटिंग ऑन युअर विज़िट।"

फ़ोन नीचे रखते समय आमोद की नज़र उस फुटबॉल पर पड़ गई जो वह चैतन्य के लिए लेकर आया था। कम-से-कम इसे देखकर तो चैतन्य खेलने में दिलचस्पी लेना शुरू कर देगा, इस ख़याल से आमोद उसे ले आया था। सुबह ही हर्षा ने फुटबॉल अलमारी के ऊपर से निकालकर, साफ़ करके नीचे रखा था। ज़ोर से किक मारने की तीव्र इच्छा को दबाते हुए उसने हल्के से पाँव लगाया और बॉल सोफ़ा के नीचे धकेल दिया।

"कोई किक मारे तो मेरे बेटे की तरह! बॉल को रोकने की कोशिश करे तो बॉल के साथ गोलकीपर भी सीधे नेट के अन्दर!" एक दिन फर्नांडीस बड़ी डींगें हाँक रहा था। फर्नांडीस के जाने के बाद प्यून गांवस ने कहा था, "इस फर्नांडीस ने अपने बेटे को कुछ ज़्यादा ही सिर पर चढ़ा रखा है। कहीं ऐसा न हो कि एक दिन अपने बाप को ही किक मार दे।"

"मिला क्या फर्नांडीस?" मोबाइल से अपनी सहेलियों को फ़ोन करते-करते हर्षा ने बीच में पूछ लिया।

"नहीं। लेकिन उसकी बीवी मिली। वो तो उससे भी आगे निकली..."

"क्यों, क्या कहा उसने?"

"सिर्फ़ बाबा की बातें..."

"बाबा?"

"बेटा उनका! कह रही थी कि सिलेक्शन के लिए प्रैक्टिस करने जा रहा है। अच्छा खेलनेवाले बहुत होते हैं। पर सब कहाँ सिलेक्ट हो पाते हैं? मैंने सुना है कि कैव्हीन ने किसी मिनिस्टर को पकड़ रखा है। मैं बेट लगाता हूँ, कल अगर उसका बेटा सिलेक्ट हुआ ना तो सिक-लीव डालकर कैव्हीन भी टीम के साथ पंजाब जाए बग़ैर नहीं रहेगा।"

पर चैतन्य को किसी भी खेल में दिलचस्पी नहीं है। फुटबॉल ला दिया तो दो दिन में तीन गिलास और चार आईने तोड़ डाले।

"हाऽय इन्दिरा! अरे कब से फ़ोन लगा रही हूँ तुम्हें!"

"फिर मिस्ड कॉल कैसे नहीं मिला मुझे?"

"अरे, मैं तुम्हारे घर का नम्बर लगा रही थी। भूल ही गई...तुम्हें यहाँ-वहाँ घूमने से फ़ुरसत मिले तब ना! तो सोचा, मोबाइल ट्राय करके देखते हैं। हो कहाँ तुम?"

"गार्डन में गई होगी। बच्चों का तो सिर्फ़ बहाना है! इम्प्रेशन जमाती घूम रही होगी।"

आमोद को सुनते ही हर्षा पहले थोड़ी सकपका गई। फिर फ़ोन पर हाथ रखते हुए दबी आवाज़ में चिढ़कर बोली—

"इतनी ज़ोर से क्यों बोल रहे हो? उसे सुनाई देगा। ज़रा चुप रहो।" और फिर से उसने मोबाइल कान से सटाया—

"अरे, नहीं। आमोद चैतन्य से बात कर रहा था। पापा जब घर होते हैं ना तो बेटा चिपक के बैठता है उनसे। मुझे तक नहीं पहचानता। ऐऽ इन्दिरा, ये कैसा शोर सुनाई दे रहा है? गार्डन में हो क्या? आँ...मुझे पता था।"

"तुम भी चैतन्य को लेकर आ जाओ। गार्डन अब बहुत अच्छा बन गया है। बच्चे कितना एन्जॉय कर रहे हैं!!"

"आने का मन तो करता है। पर फ़ुरसत कहाँ है? समय ही नहीं मिलता। ऊपर से मुझे गाड़ी चलानी नहीं आती और तुम्हारी तरह मेरे पास स्कूटी भी तो नहीं है। आमोद के भरोसे तो नहीं रहा जा सकता। उसके घर पहुँचने तक शाम भी रात के क़रीब पहुँच जाती है। फिर कहाँ का गार्डन-वार्डन, बोलो?"

"अभी आ जाओ ना! ऐऽ देखो, गौरवी भी अपने दोनों बच्चों को लेकर आ ग़ई। तुम्हारा तो एक ही है। कितने दिन हो गए उसे देखे हुए। और तुम तो उसे लेकर घूमने भी नहीं आती हो। अब उसे लेकर आ जाओ। उसे भी खेलने का मौक़ा मिलेगा। आमोद से कहो कि ज़रा पहुँचा दे तुम्हें। इतना दूर भी तो नहीं है।"

इन्दिरा का आग्रह—कितना सच्चा, कितना झूठा, भगवान जाने!

"तुम्हें पता है ना, चैतन्य को घूमना पसन्द नहीं। ख़ासकर गार्डन तो उसे बिलकुल ही अच्छा नहीं लगता। और बहुत दिनों के बाद आज आमोद ज़रा जल्दी घर पहुँचा है। उसने चैतन्य के साथ खेलने का प्रोग्राम बनाया है। ये देखो, फुटबॉल लिये खेल रहा है उसके साथ...ना...ना...। घर में ही।"

इतने में चैतन्य के शाम के नाश्ते का समय हो गया। आमोद ने उसे उठाया और डाइनिंग टेबल के पास कुर्सी पर बिठा दिया।

"ऐ, आमोद। मैंने हॉर्लिक्स बनाकर रखा है। ज़रा उसे पिलाओगे? अरे नहीं, ज़िद्दी है। पर ज़रा लाड़-प्यार करें तो पी लेता है। पापा ने पिला दिया तो..."

"अच्छा, फ़ोन क्यों किया था?" इन्दिरा शायद जल्दी में थी।

"मैं भी ना! देखो दुनिया भर की बातें करती रह गई। तुम्हें बर्थ डे के लिए बुलाना था, इसीलिए फ़ोन किया। हाँ...हाँ। चैतन्य का ही। परसों—शनिवार को। शाम सात बजे तक पहुँच जाना। बच्चों को साथ लाना। और पति को भी।"

"किस हॉल में?"

इन्दिरा ने अपने बच्चे का चौथा जन्मदिन भी हॉल में मनाया था। आजकल सब यही करते हैं। ऊपर से नाचना, गाना, गेम्स, जादू के खेल...बच्चों के मुक़ाबले बड़े ही ज़्यादा हो-हल्ला मचाते हैं।

"अरे हॉल में क्यों? हमारा फ़्लैट इतना भी छोटा नहीं है। ऊपर से हमारे पास ओपन टैरेस है। तुमने देखा है ना? हाँ, हाँ। हमने वह बन्द करके रखा है। चैतन्य इतनी शरारत करता है ना...डर लगता है। और वैसे भी हम सभी को तो बुलानेवाले हैं नहीं। सिर्फ़ अपने नज़दीकी लोगों को ही बुला रहे हैं। आना, हं...! और मिस्टर को भी बता देना। नहीं तो कहेंगे कि बताया ही नहीं।"

"इन्दिरा को लगता है कि अगर उसने हॉल में बर्थ डे सेलिब्रेट किया तो अब बाक़ी लोगों को भी वही करना चाहिए।" हर्षा ने फ़ोन नीचे रखते हुए कहा।

हॉर्लिक्स पिलाते समय चैतन्य के शरीर पर जो गिरा था उसे अपने रूमाल से पोंछते हुए आमोद ने कहा, "हॉल में सेलिब्रेट करने में उसका क्या जाता है? उसका पति फूड एंड ड्रग्स एडमिनिस्ट्रेशन में है। सब होटल्स उसकी जेब में हैं। हॉल भी मुफ़्त और केटरिंग भी मुफ़्त—ऐसा लोग कहते हैं...हं!"

"हो सकता है। पिछले साल इन्दिरा ने अपनी बेटी के लिए सोने के कंगन बनवाए थे। शायद डेढ़ तोले के होंगे। दिखाते समय ख़ुद ही बड़ी प्रशंसा कर रही थी। अब हमने चैतन्य के लिए जो सोने की चेन बनाई है ना, उसे देखकर कहीं उसकी आँखें फटी की फटी न रह जाएँ।"

"मैं कह रहा था कि तुम्हारी उस इन्दिरा को हमें बुलाना ही नहीं चाहिए था। मुझे वो ज़रा भी पसन्द नहीं। बड़ी दिखावापसन्द है। और उसका वो पति! गवर्नमेंट अफ़सर का तमगा लिये घूमता है। पिछले दिनों जब हम बर्थ डे के लिए उनके यहाँ गए थे तब जो कुछ हुआ उसे मैं नहीं भूला हूँ।"

"क्यों? क्या हुआ था?"

"भूल गईं? उन्हें बड़ी चिन्ता थी कि अभी तक हमने चैतन्य को के.जी. में क्यों नहीं डाला?

"वैसे भी इन्दिरा को मैंने पहले ही बताया था—के.जी., मांटेसरी इन सब पर हमारा रत्तीभर भरोसा नहीं है। कवि मनोहर राय ने देखो वह कितनी अच्छी बात कही है—के.जी. का मतलब है 'किलोग्राम'। इत्ते से बच्चे का दिमाग़ उसके बोझ से दब जाता है। यही कहा था मैंने उनसे तो ऐसे हँस दिए जैसे कोई जोक सुनाया हो।"

"अरे, मैंने भी उसके पति से यही कहा था। बच्चों को छह साल की उम्र में ही स्कूल में डालना चाहिए। बाक़ी नर्सरी राइम्स और खेल हम उसे घर में ही पढ़ानेवाले हैं। पर साहब कमाल के शक्की स्वभाव के निकले! पूछने लगे—आपका बेटा कहीं प्रॉब्लमैटिक तो नहीं है ना? ऐसाऽऽ ग़ुस्सा आया था मुझे!"

"कहीं मिसेज़ अमोनकर ने उनसे इस बारे में कुछ कहा होगा क्या? इन्दिरा की उनसे अच्छी जान-पहचान है।"

"मुझे नहीं लगता। वैसे वे बड़ी अच्छी इनसान हैं। तुम्हें याद नहीं? जब प्री-प्राइमरी में एडमिशन नहीं मिल रहा था तब उन्होंने ही हमारी बात रखी और प्रायॉरिटी पर हमें दिलवाया था।"

"लेकिन बाद में उन्होंने ही हमें बुलाकर कहा था ना—बच्चे डिस्टर्ब हो जाते हैं। पढ़ाई को छोड़ बच्चों का ध्यान चैतन्य पर ही चला जाता है!"

"पर हमारे भले के लिए ही तो कहा था उन्होंने! शरारती बच्चे चैतन्य को चिढ़ाते थे। उसे तंग करते थे, इसलिए..."

"फिर ग़ुस्सा तो हमें आना चाहिए था ना? पैरेंट्स ने शिकायत की है ऐसा क्यों कहा उन्होंने?"

"उन्होंने ऐसा नहीं कहा था। पैरेंट्स शिकायत करें इससे पहले ही उसे दूसरी जगह डालिए, ये कहा था। ऊपर से उन्होंने ही सलाह दी थी। चैतन्य का मन स्कूल में नहीं लगता है। वह दूसरों के मुक़ाबले ज़रा सा अलग है। लोग उसके बारे में कुछ भी अनाप-शनाप बोलना शुरू करेंगे। उससे अच्छा है..."

"एबनॉर्मल बच्चों के लिए स्कूल होते हैं ऐसा उन्होंने ही बताया था ना? अगर हम चाहें तो वे ख़ुद हमारी बात रखने के लिए तैयार थीं—जहाँ 'डैडी'ज़ होम' कहते हैं, वहाँ! आख़िर उन्हें भी यह एबनॉर्मल ही दिखाई दिया ना?"

"फिर भी उनका उद्देश्य अच्छा था। उन्होंने ही तो कहा था कि हम 'तारे ज़मीं पर' ज़रूर देखें!"

मिसेज़ अमोनकर ने कहा था इसीलिए वे उस फ़िल्म को देखने गए थे। ईशान की छटपटाहट को देख उन्हें रोना आया था। ईशान के माता-पिता पर उन्हें बड़ा ग़ुस्सा आया था। फ़िल्म देखकर जब वे घर पहुँचे तो चैतन्य गहरी नींद में था। सोया हुआ चैतन्य कितना सुन्दर दिख रहा था! तब हर्षा ने कहा था, "हमें भी ऐसा ही एक राम निकुम्भ सर मिलना चाहिए था नहीं?"

फ़िल्म देखने के बाद चैतन्य के लिए आमोद कलरिंग बुक्स और क्रेयंस का एक बड़ा पैकेट लेकर आया था। पेंटिंग तो वहीं की वहीं रह गई। एक दिन जब भूख लगी तब वह दो क्रेयन्स ही खा गया।

"मिसेज़ अमोनकर बड़ी समझदार हैं। उन्हें बच्चे पसन्द हैं। चैतन्य का भी अच्छी तरह से ख़याल रखती थीं। अगर वो कोई स्कूल खोल देंगी, तो मैं आँख मूँदकर चैतन्य को उनके हवाले कर दूँगा।"

"ठीक है, ठीक है। तुम मिसेज़ अमोनकर को बुलाना चाहते हो ना? बुलाओ। पर बाद में वह पूछेंगी—बंटी कैसी है? तो क्या बताओगे? बताओगे कि उसे अपने फ्रेंड को दे डाला?"

"ऐसा करते हैं, बर्थ डे के दिन सिरिल से फेवर लेकर बंटी को अपने यहाँ ले आते हैं। उसे बाबा से दूर बाँधकर रख देंगे।"

हर्षा की आँखें चमक गईं, "आइडिया! आजकल पोमेरियन कुत्तों को पालने का फ़ैशन चल पड़ा है। जब लोग आएँगे तो इम्प्रेशन पड़ेगा, फ़्लैट की शोभा भी बढ़ेगी।"

"कितनी बार तुमसे कहा है कि लोग 'पोमेरियन' कहते हैं तो कहने दो। तुम सही-सही 'पोमेरेनियन' कहना।" फ़ोन डायल करते-करते आमोद ने हर्षा की ग़लती को सुधारते हुए कहा।

पिछले साल के नवम्बर में मिसेज़ अमोनकर की पोमेरेनियन कुतिया ने बच्चों को जन्म दिया था। एक पिल्ला हर्षा को देते हुए उन्होंने कहा था, "ये बंटी है। बच्चों को पेट्स बहुत अच्छे लगते हैं। चैतन्य को भी पसन्द आया तो उसे खेलने के लिए एक साथी मिलेगा।"

पहले ही दिन चैतन्य ने बंटी के सफ़ेद बालों में अपने हाथ डाल दिए और फिर उन्हें अपनी मुट्ठी में कसकर पकड़े हुए बैठ गया। किसी भी तरह मुट्ठी खोलने के लिए तैयार नहीं हो रहा था। बंटी ने पहले चिल्लाना शुरू किया। फिर उसे काट डाला, खरोंच लिया...आख़िर में जब रोएँ टूटकर उसके हाथ में आ गए तब जाकर चैतन्य ने मुट्ठी खोली। उसी रात आमोद बंटी को लेकर गया और सिरिल के पास छोड़ आया।

"मिसेज़ अमोनकर के घर का फ़ोन कोई उठा क्यों नहीं रहा? तुम्हारे पास उनका मोबाइल नम्बर है क्या?"

"नहीं बाबा! उसके बजाय रात को ट्राय करते हैं ना? तब तक तुम डॉ. केरकार को फ़ोन करो।"

डॉ. केरकार...चाइल्ड स्पेशलिस्ट। जब बाबू पैदा हुआ था तब मैटर्निटी होम ने ही उन्हें बुलावा भेजा था। जब मिले तो पता चला कि वे आमोद के स्कूलमेट थे। अच्छे डॉक्टर के रूप में उनका बड़ा नाम था। साथ ही लेखक के रूप में भी बड़े मशहूर थे।

"बधाई हो! अ हेल्दी चाइल्ड!"

ख़ुश होकर उसने सबको तीन किलो पेड़े बाँटे थे। पेड़ा मुँह में डालते हुए केरकार ने कहा था—"हर्षा और आमोद का मतलब है असीम आनन्द

और इनसे जिसने जन्म लिया है, वह है साक्षात चैतन्य!"

आमोद ने उसी शब्द को पकड़कर रखा। चैतन्य! नामकरण के समय विशेष रूप से डॉ. केरकार को बुलाया था। तब से वे उनके पारिवारिक मित्र बन गए थे।

महीना हो गया था फिर भी बेटा अपना सिर उठा नहीं पा रहा था।

"कुछ बच्चों को समय लगता है गर्दन सीधी रखने में।" और ऐसा ही हुआ। तीन-साढ़े तीन महीने बाद गर्दन स्थिर हो गई। पलटने के लिए भी छह महीने लग गए। पड़ोसी...जान-पहचान वाले ऐसे ही किसी-न-किसी कमी को निकालने में लगे रहते—

— ओ माँ! अभी तक घुटनों के बल नहीं चल रहा?

— और आँखें देखो, कैसी बड़ी-बड़ी हैं!

— इसका गोरापन भी कितना फीका है। एकदम पीला दिखता है!

— दिखने में बड़ा सुन्दर है! पर ताक़त ही नहीं है, बेजान-सा!

सब बच्चे क्या एक जैसे होते हैं? हाथ की उँगलियाँ तक एक-सी नहीं होतीं। पर बोलनेवाले का मुँह कौन बन्द कर सकता है?

हर्षा ने लोगों को घर बुलाना ही कम कर दिया। लेकिन पहला बर्थ डे बड़ी धूम-धाम से मनाया। खाने का अच्छा इन्तज़ाम किया था। आइसक्रीम भी थी। लोग ख़ुश हुए थे। बाबू पहले रोया। फिर चुप हो गया। फिर सो गया।

एक साल का हो जाने पर भी बाबू चल नहीं रहा था। दादी ने कहा, "आमोद सवा साल की उम्र में चलने लग गया था। बाप पर गया होगा।"

बर्थ डे के लिए आए हुए केरकार ने आमोद को एक ओर बुलाया था—

"क्या तुम्हें लगता है कि चैतन्य नॉर्मल है?"

"ऐसा क्यों कह रहे हो? उसका प्रोग्रेस थोड़ा-सा स्लो है, बस इतना ही।"

"मुझे क्रिटिनिज़्म का सन्देह हो रहा है..."

"क्या? क्या कहा?"

"नहीं, कुछ नहीं। लेकिन अगर प्रोग्रेस इसी तरह स्लो ही रहा तो ज़रा आकर मिल लेना। कुछ टेस्ट्स करते हैं..."

हाँ। चैतन्य का विकास बाक़ी की तुलना में धीमा था। वह कई घंटों तक

एकदम चुपचाप पड़ा रहता। बेवक़्त हँसता रहता। जब हँसाने की कोशिश करते तो हँसता ही नहीं था। जब भूख लगती तभी रोता था। बाक़ी बच्चों की तरह कभी भी चैतन्य के कारण रातें जागकर बिताने की नौबत नहीं आई। लार टपकती रहती। पर बहुत से बच्चों के साथ होता है ऐसा। पोटी या सूसू आए तो बता नहीं पाता था। लेकिन—

"मेरी माँ बताती थी कि मैं पाँच साल की होने तक बिस्तर गीला करती थी। चैतन्य में भी यह विरासत में आया होगा।" हर्षा कह देती।

पर जब हर्षा की माँ ने चिन्ता जताई तब पहली बार आमोद उसे लेकर केरकार के पास गया।

"वैसे हम चैतन्य को लेकर परेशान नहीं हैं। पर यह सही है कि उसकी ग्रोथ बहुत स्लो हो रही है। तुमने कहा था ना, इसीलिए आया हूँ। अब तुम ही जाँचो और बताओ—ये विरासत में आया है या फिर कुछ और है?"

केरकार ने चैतन्य की जाँच की और कहा, "शरीर का विकास कम हुआ है इस बात की मुझे चिन्ता नहीं है, आमोद। लेकिन—ठहरो। पहले ई.ई.जी. करते हैं।"

इलेक्ट्रो एन्सेफलोग्राम निकाला। स्कल ठीक-ठाक था।

"लेकिन खोपड़ी के भीतर दिमाग़ का विकास नहीं हुआ है इसी वजह से वह ऐसा..."

फिर और टेस्ट्स हुए। आयोडीन डिफिशिएंसी, थायरॉयड, हार्मोन्स डिफिशिएंसी, एंडोक्रायन डिजॉर्डर...

हर्षा का चेहरा रुआँसा हो गया। "हमारे नसीब में यह क्या आ गया है, डॉक्टर?"

"वह ठीक हो जाएगा ना, केरकार?"

"हार्मोन्स बढ़ाने के लिए ड्रग्स दे देंगे। लेकिन—डोंट एक्सपैक्ट मिरेकल्स। वह क्रेटीन चाइल्ड की तरह ही बड़ा होगा। यू मस्ट लर्न टु लिव विथ हिम। उसकी ज़रूरतों को समझते हुए उसके साथ पेश आना होगा..."

"कितने दिन? कितने साल?"

केरकार ने कुछ नहीं कहा। दवाइयाँ लिखकर दीं।

"तुम्हें कुछ दिखाता हूँ। कल सुबह आ जाना..." केरकार ने ऐसा क्यों कहा यह दूसरे दिन तब समझ में आया जब वह उन्हें लेकर एक पेशंट के पास गया।

"इसे देखो।"

उस कमरे के एक कोने में एक बच्चा खड़ा था। बीच में दीवार से सटाकर एक कॉट आड़ी रखी गई थी। उसी से लगकर दूसरी तरफ़ एक अलमारी सीधी रखी थी और इस तरह इनके घेरे के अन्दर बच्चे के लिए एक जगह बनाई गई थी। दो-ढाई फुट ऊँचाई का वह लड़का वीरान नज़रों से उनकी तरफ़ देख रहा था। उसके मुक़ाबले उसके शरीर पर जो कपड़े थे वही ज़्यादा अच्छे लग रहे थे। खुला मुँह, मुँह से टपकती लार और बड़ी-सी आँखें... उनसे देखा नहीं गया।

"इसकी उम्र कितनी होगी पता है? बाईस साल!"

उन्हें बिलकुल सच नहीं लगा। उन्होंने बौनों को देखा था, पर यह उन जैसा नहीं लगता था।

"ऐसे कैसे हो सकता है?" हर्षा ने पूछा।

आमोद ने उस लड़के के होंठों के ऊपर बढ़ आई पतली-सी मूँछ देख ली थी। पर उससे कुछ भी बोला नहीं गया।

"हमारा चैतन्य...?"

"नहीं। यह माइक्रोसेफली का केस है। इट इज कॉन्जेनिटल एबनॉर्मलिटी। स्कल नहीं बढ़ता है इसलिए दिमाग़ भी नहीं बढ़ पाता। फिर दिमाग़ और शरीर दोनों का विकास नहीं हो पाता।"

"उसका भविष्य क्या है, केरकार?"

"उसके शरीर को कुछ भी नहीं होगा। उम्र बढ़ती रहेगी लेकिन वह इसी तरह विकासहीन रहेगा। उसकी सब फैकल्टीस बन्द हुई हैं। उसका आई-क्यू सोलह मिला है। वह और बढ़नेवाला नहीं है।"

"और उसके माँ-बाप?" हर्षा ने तड़पकर पूछा।

"यह लड़का कम-से-कम उन्हें देखकर हँसे, उनसे बातें करे ऐसा उनका सोचना स्वाभाविक है। लेकिन ये नहीं हो सकता है।"

वहाँ से बाहर निकलते समय डॉ. केरकार ने कहा, "क्या आपको नहीं लगता कि आपके साथ जो हुआ है वह इससे बेहतर है? युअर्स इज अ क्रेटीन चाइल्ड। नसीब मानो—ये माइक्रोसेफली नहीं है।"

"केरकार, क्या चैतन्य ठीक नहीं होगा?"

"ठीक होने से आपका मतलब क्या है—जवाब इस पर निर्भर है। वह पढ़ेगा, खेलेगा, गाएगा इस आशा में मत रहना। लेकिन उसको समझने की कोशिश ज़रूर करना। उसे ख़ुशी देने की कोशिश करना। उसका पैरेंटिंग तुम्हारे लिए एक चैलेंज होगा..."

और उन दोनों ने इस चैलेंज को स्वीकार किया था।

"क्यों, डॉक्टर को फ़ोन नहीं लगा क्या?"

"कब से एंगेज्ड आ रहा है। अरे देखो तो, तुमने पूछा और लग गया... हैलो, केरकार, मैं आमोद देसाई बोल रहा हूँ।"

"हैलो, आभोद! कैसे हो? और हमारा चैतन्य कैसा है?"

"वह ठीक है।"

"फिर से वाइलंट तो नहीं हुआ?"

"नहीं। मतलब ज़्यादा नहीं। बीच में एक बार..." हर्षा के बाल खींचे थे उस बारे में बात करे या न करे यह तय करने से पहले ही केरकार ने कहा—

"तुम लोग इतने प्यार से उसकी देखभाल कर रहे हो यह अच्छी बात है, आमोद। बोलो, फ़ोन क्यों किया था?"

"केरकार, हम चैतन्य का बर्थ डे सेलिब्रेट करनेवाले हैं।"

पल भर के लिए डॉक्टर केरकार चुप रहे। क्या लगा होगा उन्हें?

पहला बर्थ डे बड़ी धूम-धाम से मनाया था। उसके बाद दूसरा सीधा घर में ही मनाया गया। तीसरे जन्मदिन के समय सूतक का कारण मिल गया था। दूर के एक चाचा ने दुनिया को अलविदा कह दिया था।

चौथे जन्मदिन से पहले चैतन्य की तबीयत बिगड़ गई थी। उसे दस्त और उल्टी होने लगी थी।

डॉ. केरकार ने कहा था, "उसे किसी भी प्रकार के इन्फेक्शन से या सेहत

के लिए हानिकारक चीज़ों से बचाना होगा। उसकी प्रतिरोधक क्षमता कम है।"

पिछला साल चैतन्य के लिए अच्छा गया...सिर्फ़...

"दैट्स ग्रेट, आमोद! गो, अहेड।" केरकार का ख़ुश चेहरा आँखों के सामने लाते हुए आमोद ने उसे निमंत्रण दे दिया।

"तुम्हें आना ही होगा केरकार। ज़्यादा लोगों को नहीं बुलाया है—क़रीबी लोगों को ही!"

"ओके! कब है? किस दिन?"

"शनिवार को। परसों शाम सात बजे—घर में ही।"

"अच्छा, आता हूँ। हाँ, अगर कोई इमरजेंसी आ गई तो फिर..."

"वह समझ सकते हैं। लेकिन देर हो तब भी चले आना।" हाँ, केरकार के फ़ोन रखने से पहले उससे पूछना पड़ेगा।

"केरकार, एक बात पूछूँ?"

"ऑफ कोर्स! क्या?"

"बाबा अच्छी तरह से बिहेव करेगा इसकी हमें गारंटी है, केरकार। पर कह नहीं सकते ना! मतलब—हो सकता है—अगर कहीं वह...याद है ना पिछली बार तुमने उसे नींद का सिरप दिया था। कल—मतलब शनिवार को—लोग-बाग आएँगे। तब उसे...कुछ...आय मीन नींद की दवा दे सकते हैं?"

आमोद ऑफ़िस का काम घर लेकर आया था और तब कुछ ज़रूरी काग़ज़ात पर चैतन्य ने सूसू कर दिया था। ग़ुस्से में आकर आमोद ने चैतन्य की पीठ पर एक थप्पड़ जमा दिया। इसके बाद उसने ऐसा हल्ला मचाया कि किसी भी तरह काबू में नहीं आ रहा था। चिल्लाते हुए स्टूल उठाकर पिता पर फेंक दिया था। फिर किसी को भी पास आने नहीं दे रहा था। जब डॉ. केरकार ने आकर ज़बरदस्ती नींद का सिरप पिलाया तब शान्त हो गया था।

केरकार कुछ बोल नहीं रहा है यह देख आमोद ने जल्दी-जल्दी कहा—"वैसे हम दवाई देंगे ही ऐसा नहीं है। देंगे ही नहीं। लेकिन..."

"अगर ज़रूरत पड़ी तो 'लार्गातील' सिरप दे देना।"

"थैंक्यू..." आमोद ने चैन की साँस ली।

"क्या कहा डॉक्टर ने?" फ़ोन रखते ही हर्षा ने पूछा।

"कहा है कि दे सकते हैं। कल जब तुम डाइपर लाने जाओगी तब 'लार्गातील' सिरप लेकर आ जाना।"

"चलो अच्छा हुआ। अब मैंने सबको फ़ोन कर दिए। तुम मिसेज़ अमोनकर को फिर से फ़ोन लगाकर देखो।"

एक ही बार में लग गया।

निमंत्रण मिलते ही मिसेज़ अमोनकर ने कहा, "अरे वाह! हैप्पी बर्थ डे कहने के लिए तो मैं आऊँगी ही। चैतन्य ठीक है ना? क्या बंटी के साथ खेलता है?"

"हाँ, हाँ। खेलता है।"

"हमारे यहाँ डॉगी ने और चार पिल्लों को जन्म दिया है। चैतन्य के लिए प्रेज़ेंट के रूप में एक और लेकर आऊँ?"

"नहीं, और नहीं चाहिए। जो एक है वही काफ़ी है। और नो प्रेज़ेंट्स प्लीज़। लेकिन आप ज़रूर आना।"

फ़ोन रखते ही उसे याद आया।

"हैलो सिरिल, मैं देसाई बात कर रहा हूँ। एक एहसान करना। शनिवार को क़रीब छह बजे मैं आ जाऊँगा। मुझे बस एक रात के लिए बंटी को दे देना। इतवार को सुबह वापस पहुँचा दूँगा। ओके! प्लीज़! थैंक्यू!"

हर्षा ने चैतन्य को उठाकर गोद में ले लिया और लिटा दिया। फिर छोटी कैंची लेकर बालों में हाथ घुमाते हुए, बीच-बीच में कहीं बालों के उलझने से जो जटाएँ बनी थीं, उन्हें काटकर निकालने लगी।

"बाबू, तुम्हारे पाँचवें जन्मदिन पर बड़े मज़े करेंगे, है ना? मेरा राजा बेटा है तू। अच्छे बच्चे जैसा रहना अं...। कोई भी कुछ भी कहे—तुम सुनना ही नहीं, देखना ही नहीं।" सुन्दर घुँघराले बालों में से जटा को हल्के हाथों से हर्षा ने काटकर निकाल दिया।

"कितना समझदार है मेरा बेटा! लोगों के बच्चे तो एकदम पागल हैं। हाथ लगाते ही रो पड़ते हैं।"

कैंची जगह पर रखकर हर्षा ने बाबू को सोफ़े पर बिठा दिया।

"हो गई ना सब तैयारी? कुछ बाक़ी है क्या?" आमोद से पूछा।

"केटरिंग का ऑर्डर कन्फर्म किया। सिर्फ़ मल्लया को बताना बाक़ी है। किराए के मकान में अभी तक उसे फ़ोन कनेक्शन नहीं मिला है। और उसका मोबाइल नम्बर भी मेरे पास नहीं है। कल ऑफ़िस जाने से पहले सीधे उसके मकान पर जाकर उसे निमंत्रण देता हूँ। फिर सब निमंत्रण देने पूरे हो जाएँगे।"

बाबू के बालों में उँगलियाँ घुमाते हुए हर्षा ने कहा, "ज़रा शान्त हुआ-सा लगता है ना बाबू? लार टपकनी भी कम हो गई है! थोड़ा लम्बा भी लग रहा है, है ना? कल नए कपड़े पहनते ही एकदम राजकुमार की तरह जँचेगा, देखना। फिर पता चलेगा सबको—जैसा वे समझते हैं वैसा यह 'वह' नहीं है।"

दूसरे दिन सुबह आमोद ने मल्लया के फ़्लैट की बेल बजाई तब मल्लया पूजा करने बैठा था। ना करने के बावजूद उसकी पत्नी ने चाय लाकर दे दी।

वह मल्लया के किराए पर लिए गए नए फ़्लैट को सराह रहा था तभी शर्ट चढ़ाते हुए मल्लया बाहर आ गया।

"कैसे हैं, मिस्टर देसाई?"

"अपने बेटे के बर्थ डे का निमंत्रण देने आया हूँ। शनिवार शाम को... सबको आना है।"

"वाह, वाह! बड़ा सन्तोष हुआ।"

इतने में मिसेज़ मल्लया ने अन्दर से ज़ोर से चिल्लाना शुरू किया। "तुम्हारे बेटे ने देखो क्या कर डाला, देखो। पूरा गन्दा..."

मल्लया दौड़ते हुए अन्दर चला गया। और अगले ही पल तड़ाक से मारा हुआ थप्पड़ और भैं करते हुए बेटे का रोना, दोनों की आवाज़ एक साथ सीधे आमोद के कानों में घुस गई। क्या हुआ यह जानने के लिए अन्दर गया तो देखा कि फ़्लैट की एकदम नई ताज़ी दीवार पर मास्टर मल्लया ने हाथ की पेंसिल से आड़ी-तिरछी रेखाएँ खींचते हुए, अपनी चित्रकारी प्रस्तुत की थी। ऑनरशिप पर लिया हुआ फ़्लैट होता तो बात अलग थी। किराए के मकान की दीवारों पर इन आड़ी-तिरछी रेखाओं को देखकर मकान-मालिक चुप नहीं

बैठेगा, यह सोचकर परेशान होते हुए मल्लया ने सिर पर हाथ मार दिया। आमोद धीरे से वहाँ से खिसक गया।

ऑफ़िस में पहुँचते ही आमोद ने गांवस को इस घटना के बारे में बता दिया।

"आप मेरी बात सुनोगे सायब? बच्चों की ऐसी चित्रकारी से ही घर की शोभा बढ़ती है। जिनके पास नज़र होती है ना, उन्हें इसमें उनकी कला नज़र आएगी। जिनके पास नहीं है उन्हें आड़ी-तिरछी रेखाएँ..."

आमोद की आँखों के सामने वे आड़ी-तिरछी रेखाएँ एक चित्र-सी बनकर खड़ी हो गईं। आसमान के बादल? या घने पेड़? या फिर उस पोमेरेनियन के कसकर खींचे हुए रोएँ?

शाम को आमोद उत्तेजित होकर घर आया। हर्षा भी बड़े उत्साह के साथ उसी की राह देख रही थी। हॉल में लगाए हुए टी.वी. के सामने चैतन्य आँखें मिचकाते हुए बैठा था।

"मैं डाइपर लेकर आ गई हूँ। और नींद का सिरप भी ले आई हूँ। आमोद, एक बात कहूँ? हम सात बजने से पहले ही उसे दवा दे देंगे। लोगों के आने तक वह जमुहाइयाँ लेना शुरू कर देगा। फिर सुला देंगे। सोते समय बाबू कितनाऽ अच्छा दिखता है! कुछ पता नहीं चल पाता। जब नींद में हँसता है तब तो उसकी नज़र उतारने का मन करता है।"

"बेस्ट आइडिया। उसे यहाँ हॉल में ही लिटा देंगे। और ये देखो, कल सुबह बाबू का सब खेल का सामान बाहर लाकर रख देना। फुटबॉल, बार्बी, मोटरें, सॉफ्ट टॉयस..."

"हाँ। मैं अच्छी तरह करीने से सजाकर रख दूँगी।"

"करीने से सजाकर? नहीं, नहीं। फैलाकर रख देना। अस्त-व्यस्त। बच्चे वाला घर दिखना चाहिए।"

बोलते-बोलते आमोद ने जेब से पेंसिल निकाली और चैतन्य के पीछे की दीवार पर आड़ी-तिरछी रेखाएँ खींचता हुआ, कुछ भी बनाता चला गया।

"लोगों को भी पता चले। चैतन्य कितना खेलता है...दीवारों पर चित्रकारी करता है...शरारतें करता है..."

कभी-कभी बच्चों से सीख लेनी चाहिए

मिथिला का दिमाग़ कल से ठिकाने नहीं था। पूरे सप्ताह में रुपहला किनारा लिये आनेवाला एक ही दिन था—'जुम्मा'। और कल का दिन पूरी तरह ख़राब हो जाने की वजह से वह नाराज़ थी। ऊपर से बाबू अभी तक घर नहीं लौटा था इस वजह से उसका पारा और भी चढ़ा हुआ था।

कल उस मुत्तवा ने बात बिगाड़ दी। पता नहीं आज और क्या हुआ होगा?

कहीं राजेश को मांटेसरी पहुँचने में देर तो नहीं हुई?

या फिर जर्मनी से कुछ ख़बर आई है इसलिए देर हो गई?

ट्रैफ़िक में फँसने के कारण देर हुई क्या?

या फिर कल की तरह ही आज भी किसी मुत्तवा या सुरता ने रोक लिया?

कल सुबह घर से बाहर निकलते समय कितना अच्छा मूड था! राजेश भी एकदम फॉर्म में था। अगर कोई रुकावट थी तो सिर्फ़ बुर्क़े की। पर उसकी भी अब आदत हो गई थी। दूसरा कोई उपाय भी नहीं था। सऊदी में और ख़ासकर यहाँ रियाद में, शरीर पर काला चोग़ा, आँखों पर जाली लगा बुर्क़ा ओढ़े बिना तो वह घूम ही नहीं सकती थी!

राजेश के कार चलाते समय उसकी बग़ल में बैठकर सफ़र करना मिथिला को बहुत अच्छा लगता है। छह दिन घर में ही रहकर निकलने के बाद बाहर घूमने के लिए उनके हिस्से आनेवाला यही एक दिन होता है। और बुर्क़ा डाले बग़ैर तो बाहर जाया ही नहीं जा सकता। और बुर्क़े में बातें करते समय बीच में पर्दा-सा होने के कारण जो एक दूरी-सी महसूस होती थी वह मिथिला को

ज़रा भी अच्छी नहीं लगती थी। लेकिन कार में बैठते ही बुर्क़ा हटाकर चेहरा खुला रखने का मौक़ा मिल जाता था इसी से वह ख़ुश हो जाती थी।

कल जुम्मा होने के बावजूद राजेश गाड़ी को ऑफ़िस की तरफ़ लेकर गया था। उसी की कम्पनी ने रिसर्च फ़ेलोशिप के लिए उसका इंटरव्यू लिया था। इंटरनेट से दिए गए ऑनलाइन इंटरव्यू का रिज़ल्ट अब तक आ जाना चाहिए था। उसी की चिन्ता में राजेश ऑफ़िस पहुँच गया था। उसने ई-मेल खोलकर देखा। इन-बॉक्स में जेद्दा, कुवैत, अमेरिका के साथ जर्मनी से भी आए हुए कुछ मैसेज़ थे। पर सब किसी और काम से सम्बन्धित थे। जो वह चाहता था वह नहीं। निराश होकर उसने लॉग-आउट किया और कार में आकर बैठ गया।

"अभी तक नहीं आया?" मिथिला ने पूछा।

"नहीं।"

"ख़ैर, कल आ सकता है। कहीं किसी और को तो नहीं लिया है ना?"

"कैसे पता चलेगा? हो सकता है लिया भी हो।" यह कहते हुए राजेश ने गियर के साथ विषय भी बदला। "चलो, पहले बथा चलते हैं।"

बथा में उतरकर उन्होंने मसाले, पापड़ और नारियल का बूरा लिया। घूमते-घूमते 'अल-रशीद' सुपर मार्केट में पहुँच गए। इस डिपार्टमेंटल स्टोर के अन्दर घुसना मतलब किसी मेले में जाने जैसा था। तरह-तरह की चीज़ें मिल जातीं। और बाबू भी अच्छी तरह रम जाता है वहाँ। अचानक मिथिला की नज़र एक टी-शर्ट पर पड़ गई। क्रीमिश रंग और गाढ़े हरे रंग की कॉलर, बटनों की जगह पर डोरियाँ थीं। मिथिला ने झट से राजेश का हाथ पकड़कर खींच लिया। टी-शर्ट निकालकर राजेश के सीने से लगाकर देखा और लेने के लिए आग्रह करने लगी। इतने में सफ़ेद लबादा पहने वह अरब पुरुष सामने आ गया। राजेश को आई.डी. कार्ड दिखाकर उसने कहा कि वह मुत्तवा है और राजेश से आकामा माँगा। आकामा पर राजेश के साथ मिथिला और बाबू का भी फ़ोटो था। पलभर के लिए मिथिला की ओर और फिर फ़ोटो की ओर ग़ौर से देखते हुए उसने इस बात की पुष्टि की कि यही वह औरत है। और ऊपर से कड़ी आवाज़ में अरबी भाषा में बताया—"तुम्हारी पत्नी ठीक से बरताव नहीं कर सकती है क्या? उससे कहो कि इस तरह मर्द के हाथ को

पकड़कर खींचना, सटकर चलना ये हमारे नियमों के ख़िलाफ़ है इसलिए हमें उस पर क़ानूनी कार्रवाई करनी पड़ेगी। इसे पहली चेतावनी समझ लेना। अगर दुबारा ऐसा किया तो तुम दोनों को—तीनों को—पैक करना पड़ेगा। अरबी समझ लेते हो ना?"

राजेश ने अरबी में ही 'सॉरी' कहा।

टी-शर्ट वहीं रह गई। "चलो, हम चलते हैं मिठू," राजेश की आवाज़ भारी हो गई थी। मिथिला को लगा राजेश यों ही नर्वस हो गया है। मोटर में बैठते ही मिथिला ने कहा, "सत्यानाश हो इनका! कैसे बकवास लोग हैं ये! और पाषाण युग के क़ायदे!"

"और ये जानते हुए भी दस लोगों के सामने तुमने मेरा हाथ पकड़ा?" राजेश ने वीतरागी मन से कहा। मिथिला मायूस हो गई।

"ऐसा क्या गुनाह किया? पति का ही हाथ पकड़ा था ना?"

"लेकिन तुम जानती हो ना, यहाँ हम ऐसा बरताव नहीं कर सकते?"

"पता है। क्या वे अपनी बीवियों को हाथ नहीं लगाते होंगे?"

"लगाते हैं। लेकिन इस तरह प्रदर्शन नहीं करते। तुमसे मैंने हज़ार बार कहा है कि यहाँ ज़रा मर्यादा में रहो।"

बहस बढ़ सकती थी। क्या चल रहा है यह न समझ पाने के कारण इतनी देर तक पसोपेश में पड़े बाबू ने दोनों की ऊँची आवाज़ को सुनकर रोना शुरू किया। और फिर दोपहर में हॉलिडे ड्राइव इन हॉटेल में खाने पर जाने का प्रोग्राम रद्द करते हुए राजेश ने कार सीधे अपार्टमेंट की तरफ़ मोड़ दी।

राजेश को बहुत जल्दी ग़ुस्सा आ जाता है। पर उतना ही जल्दी ठंडा भी होता है। कहने लगा कि शाम को बाहर निकलते हैं। पर मिथिला के दिमाग़ का पारा अभी तक ठंडा नहीं हुआ था। ग़ुस्सा उस मुत्तवा पर नहीं आ रहा था। स्थानीय एवं धार्मिक रीति-रिवाजों का पालन लोग करते हैं या नहीं यह देखना उसका काम ही था। अपना काम करते हुए ही उसने चेतावनी दी थी। पर उस काम के लिए इसे पत्नी पर ग़ुस्सा होने की क्या ज़रूरत थी? अरब लोग स्त्रियों को बुर्क़े में रखते हैं और दूसरे लोगों के सामने उन्हें हाथ नहीं लगाते हैं। सही है! पर पीछे औरतों के साथ किस तरह का सलूक करते हैं

इसे दुनिया जानती है। माना कि सुपर मार्केट में मैंने उसका हाथ पकड़ा यह बात राजेश से बरदाश्त नहीं हुई। लेकिन घर पहुँचते ही कम-से-कम वह उसे क़रीब तो ले सकता था!...मिथिला टी.वी. के सामने ही बैठी रह गई, चैनल बदलते हुए आँखों के सामने जो भी आ रहा था उसे देखती हुई।

रात का खाना होते ही बाबू ने आइसक्रीम खाने की ज़िद पकड़ ली। मन में आया था कि राजेश से कह दे, तुम ही जाओ उसे लेकर। लेकिन बाद में मिथिला बाहर चली आई। नाइटी के ऊपर उसने काला बुर्क़ा ओढ़ लिया पर मोटर में बैठने के बाद भी बुर्क़ा उसी तरह रखकर चुपचाप बैठी रही। पार्लर में भी उसने चेहरे से बुर्क़ा नहीं हटाया।

"अब हटाओ ना उसे ऊपर!" राजेश के कहने पर भी मिथिला जड़ बनी रही।

राजेश ने तीन कोन लिये। एक बाबू को देकर दूसरा मिथिला के सामने कर दिया। तब उसका हाथ न छू जाए इसका ध्यान रखते हुए मिथिला ने उँगलियों के बीच पकड़कर कोन ले लिया। राजेश ठहाका लगाकर हँस पड़ा। अपनी नाराज़ी जताते हुए उसने उसकी ओर पीठ कर दी और बुर्क़ा हटाते हुए कोन मुँह में डाल लिया।

पाँचवाँ साल लग गया था फिर भी बाबू अभी तक माँ-बाप के बीच सो रहा था। कहानियाँ सुनाते हुए बाबू को सुलाने में ग्यारह बज जाते। मिथिला की आँख लग रही है इसका अन्दाज़ा लगाकर राजेश ने किताब एक ओर रखते हुए लाइट बन्द कर दी। बाबू की बाँह पर मिथिला का हाथ था। राजेश का हाथ जब मिथिला के हाथ पर आ गया तब मिथिला चुप रही। धीरे-धीरे हाथ ऊपर आने लगा।

"शायद अब हाथ लगा सकते हैं!" मिथिला ने ताना कसा।

"बस करो ना अब। जब हम अकेले होते हैं तब कभी रोका है क्या तुम्हें?" राजेश ने समझाने के स्वर में कहा। "जब तक सऊदी में हैं तब तक ज़रा बरदाश्त कर लेना। कल जब हम जर्मनी पहुँच जाएँगे, तब कौन होगा तुम्हें रोकनेवाला?" ऐसा कहते हुए राजेश ने उसे पास खींच लिया।

"ऐऽ, क्या कर रहे हो? बाबू है यहाँ!" मिथिला ने बात को तानते हुए कहा।

"वह सो गया है। अब मैं तुम्हारा राजा हूँ और तुम मेरी रानी!" यह कहते हुए राजेश ने बाबू के ऊपर से जाकर मिथिला को अपनी बाँहों में ले लिया।

"अब मैं तुम्हारा राजा हूँ और तुम मेरी रानी!"...जब छह साल पहले दोनों हनीमून के लिए महाबलेश्वर गए थे तब भी उसने यही शब्द कहे थे।

राजेश की तरह सुन्दर, आकर्षक व्यक्तित्व वाला, काबिल इंजीनियर पति मिलने के कारण मिथिला बहुत ख़ुश थी। ऊपर से हनीमून के लिए महाबलेश्वर का सर्द, शीतल वातावरण। वे जहाँ ठहरे थे वह भी एक थ्री-स्टार होटल था। बड़ा मज़ा आया था।

शाम को जब घूम आने के इरादे से बाहर निकले थे तब लोगों की भारी भीड़ का सामना हुआ था। मई का महीना होने की वजह से सारे होटल ठसाठस भरे हुए थे। उस भीड़ में कुछ पहचान के गोवा वाले भी मिल गए। वहाँ का वातावरण कितना प्रसन्न था! ठंडी हवा का एक झोंका आया और धीरे से मिथिला ने अपने हाथ से राजेश की कोहनी को कसकर पकड़ते हुए उसे अपनी ओर खींच लिया। राजेश एकदम उससे दूर हो गया। हाथ छोड़कर यहाँ-वहाँ देखने लगा।

"लोग देख रहे हैं! ऐसे कसकर मत पकड़ना।" राजेश ने झेंपते हुए हल्के स्वर में कहा।

मिथिला आश्चर्य से देखने लगी।

"ज़रा सा हाथ पकड़ लिया तो क्या हुआ? हम हनीमून के लिए आए हैं ना?" उसने निराश होकर कहा।

"अरे वो बात नहीं है। पर इस तरह लोगों के सामने..." राजेश सफ़ाई नहीं दे पाया।

"मैं तुम्हारी ब्याहता पत्नी हूँ!" धीरे से उसकी बाँह को चिकोटी काटते हुए मिथिला ने कहा।

"बिलकुल हो! कौन मना कर रहा है? पर ये इस तरह दुनिया को दिखाने की क्या ज़रूरत है? हम रोज़ की तरह ही चलेंगे।"

मिथिला बहस को नहीं बढ़ाना चाहती थी इसलिए चुप हो गई। लेकिन

राजेश की यह मानसिकता उसे पसन्द नहीं आई। आगे उन्हें हाथों में हाथ डाले, कन्धों पर हाथ रखे, एक-दूसरे से सटकर चल रहे चार-पाँच जोड़े देखने को मिल गए। और हर बार मिथिला ने राजेश का ध्यान उनकी तरफ़ खींचते हुए कहा था, "ऐऽ, उनको देखो!"

"तुम ही देखो! मैं कमरे में पहुँचने पर दिखाता हूँ तुम्हें..." राजेश ने हँसते हुए दृढ़ स्वर में कहा था। और सचमुच होटल के कमरे में पहुँचते ही दरवाज़े की सिटकनी लगाकर उसने मिथिला को अपनी बाँहों के सख़्त घेरे में लेते हुए इसी तरह कहा था—"अब मैं तुम्हारा राजा हूँ और तुम मेरी रानी!"

और सच पूरे हनीमून में राजेश ने मिथिला को सुख के सागर में डुबो दिया था।

लेकिन, हाँ! उस सुख में भी ज़रा सी कसर रह गई थी।

महाबलेश्वर की वह शाम। दोनों आइसक्रीम खाने गए थे। राजेश ने 'कॉकटेल आइसक्रीम' ली थी और मिथिला ने चॉकोबार।

"छी! अच्छा होगा ये सोचकर ली थी। लेकिन एकदम बकवास है!" राजेश ने मुँह बिगाड़ते हुए कहा।

"मेरा चॉकोबार तो एकदम बेस्ट है। देखो..." मिथिला ने स्टिक को उसके मुँह के पास ले जाते हुए बोला।

"हँ! जूठा है वो! तुम ही खाओ।" पीछे हटते हुए राजेश ने कहा।

तब मिथिला को बड़ा बुरा लगा था। पत्नी ने जिसे मुँह लगाया है वह भला जूठा कैसे हो सकता है?

"वाह! पति का खाना होने के बाद उसकी जूठी थाली में पत्नी खाए तो ठीक है। लेकिन जिसमें पत्नी का मुँह लगा है वह जूठा?" मिथिला ने बहस छेड़ते हुए कहा था।

"नहीं, नहीं। जो जूठा है, वह जूठा ही है! जब मेरी माँ मेरे पिताजी की थाली में खाना खाती थी तब उससे भी मैं यही कहता था। एकदम गन्दी आदत है यह।"

उस रात राजेश की बाँहों में समाते समय मिथिला को दिल की गहराइयों

से लग रहा था कि एक बार ही सही राजेश उसे ज़रा चूम ले। नहीं तो ख़ुद ही आगे बढ़कर उसके होंठ अपने होंठों में लेते हुए एक दीर्घ चुम्बन लेने की उसे तीव्र इच्छा हुई थी। पर शाम की बहस याद आते ही 'फिर कभी' सोचते हुए उसने मन मार लिया था।

हिन्दी-अंग्रेज़ी फ़िल्मों को देखकर आजकल के युवाओं पर रोमांस का ख़ुमार छाया रहता है। लेकिन मिथिला के मन में चुम्बन की अभिलाषा फ़िल्में देखकर पैदा नहीं हुई थी। यादों की सन्दूकची में ताला लगाकर बन्द की हुई एक याद कभी-कभी बाहर आने के लिए मचल पड़ती थी, और फिर... राजेश भी उसका वैसा ही आवेगभरा चुम्बन ले ले ऐसी उत्कट इच्छा जाग पड़ती थी।

वैसे वह याद भी बहुत पुरानी थी। मिथिला ने हाल ही में एस.एससी. की परीक्षा दी थी। पिताजी को मुम्बई में कोई काम था। चार दिन मुम्बई घूमेंगे यह सोचकर मिथिला भी पिताजी के साथ वहाँ गई थी। वे दादर में मामा के पास ठहरे थे। मामा का बेटा किशोर पवई आई.आई.टी. में पढ़ रहा था। मामी ने कितना कहा था उसे, 'ज़रा मिथिला को मुम्बई घुमा लाओ।' लेकिन क्लास का बहाना बनाकर उसने मना कर दिया था। मामी के साथ ही थोड़ा-बहुत घूमना हो पाया था। लेकिन मामा के कहने पर शनिवार शाम को किशोर मिथिला को नेहरू प्लेनेटेरियम दिखाने ले गया। मिथिला के लिए एक लड़के के साथ इस तरह अकेले घूमने जाने का यह पहला मौक़ा था। दिल ज़ोर से धड़क रहा था, कुछ-कुछ हो रहा था। किशोर दिखने में भी बड़ा अच्छा था—स्मार्ट और बुद्धिमान। प्लेनेटेरियम में दोनों पास-पास बैठे थे। काली ठंडी रात में, खुले आसमान के नीचे एक जवान मर्द से सटकर बैठी हुई हूँ, इस ख़याल के बोझ से ही वह जड़-सी हो चली थी। किशोर लगातार उसके कान के पास मुँह लाते हुए आसमान के सुन्दर नज़ारे के बारे में बताता जा रहा था। कल जब शादी होगी तो वह इसी तरह अपने पति के साथ घूमेगी, वह ऐसे ही कान में बुदबुदाएगा, यह सोचकर ही मिथिला को गुदगुदी हो रही थी। वापसी के समय रास्ता पार करने का बहाना बनाकर किशोर ने दो-तीन बार मिथिला का हाथ भी हाथ में ले लिया था। बाहर निकलते समय उनके बीच

जो दूरी-असहजता थी वह वापस घर पहुँचने तक किशोर के सहज व्यवहार के कारण पूरी तरह मिट चुकी थी।

गर्मी के मारे प्यास लगने के कारण किशोर ने पानी माँगा। और मिथिला ने जब पानी का प्याला आगे किया तब प्याले के साथ उसने हाथ भी पकड़ लिया। धीरे से मिथिला को बाँहों में ले लिया। किशोर का इस तरह बाँहों में ले लेना उसे अच्छा लगा या नहीं इसका निर्णय करने से पहले ही मिथिला को उसने और ज़ोर से भींच लिया। साँसें गरम हो गईं। न जाने कैसे मिथिला के होंठ खुल गए। और अगले ही क्षण किशोर के होंठों ने मिथिला का होंठ चूस लिया। एक अलग ही अनुभव, अनोखा स्वाद...जीभ से जीभ का स्पर्श हुआ और एकदम सामने के दरवाज़े का लैच खुलने की आवाज़ सुनाई पड़ी।

झट से दोनों अलग हो गए। किशोर पानी का घूँट लेते हुए इस भाव से बाहर चला गया था मानो कुछ हुआ ही नहीं। लेकिन मिथिला भीतर तक हिल गई थी। अनजाने में अपने हाथों बहुत बड़ा गुनाह हो गया है इस विचार ने उसे बहुत व्यथित कर दिया। उसे किशोर पर बड़ा ग़ुस्सा आ रहा था। और फिर मामा-मामी के रुकने के लिए किए गए आग्रह के बावजूद वह दूसरे ही दिन पिताजी के साथ वापस गोवा चली गई थी।

धीरे-धीरे वह अपराधी भावना मिटने लगी। किशोर इंजीनियर बनकर अमेरिका पहुँच गया था। वैसे भी उसके प्रति जो क्षणिक आकर्षण था वह बहुत जल्द ख़त्म हो गया था। पर उस दिन का वह अद्भुत अनुभव मन-मस्तिष्क की गहराई में जड़ें जमा गया था। जब भी मिथिला अकेले या स्वप्नावस्था में होती तब उसे याद करते हुए अपने ही होंठों पर जीभ घुमाती, नीचे का होंठ दाँतों के बीच हल्के से दबा लेती, धीरे-धीरे चूसती...आगे जब शादी होगी तब इस स्वर्ग-सुख का फिर से अनुभव लेने का मौक़ा मिलेगा इस आशा के साथ वह उस क्षण में डूबी रह जाती।

लेकिन प्रत्यक्ष में ऐसा कुछ नहीं हुआ। राजेश की शृंगार संकल्पना में मानो चुम्बन के लिए कोई स्थान ही नहीं था। शादी के बाद एक साल गुज़र गया फिर भी राजेश के होंठों ने उसके होंठों को छुआ तक नहीं। आख़िर एक दिन मिथिला ने ही पहला क़दम उठाया था...

राजेश उस दिन मुम्बई से वापस आया था। सऊदी अरब में एक जर्मन कम्पनी में चीफ़ इंजीनियर की पोस्ट के लिए जो इंटरव्यू दिया था उसमें चुन लिए जाने के कारण ख़ुश था। उस रात दोनों ने सेलिब्रेट किया। ख़ुशी के मौक़े पर राजेश कुछ ज़्यादा ही मूड में होता है यह बात मिथिला समझ गई थी।

जब वह राजेश की बाँहों में थी तब उसने उसके गालों को अपने होंठों से छू लिया और फिर धीरे से उसका चेहरा घुमाते हुए सहजता से होंठों पर होंठ रख दिए। जब राजेश चेहरा घुमाने लगा तब दोनों हाथों से उसका चेहरा कसकर पकड़ते हुए मिथिला ने उसका निचला होंठ अपने होंठों में ले लिया। तब राजेश ने उसे हल्के से धकेलते हुए कहा, "छी! क्या कर रही हो मिठू?"

मिथिला के पूरे उत्साह पर पानी फिर गया। पर हार मान जाती तो वह मिथिला कैसे होती?

"छी क्यों कह रहे हो? मुझे किस करो ना! प्लीज़!"

मिथिला के गाल पर होंठ रखते हुए राजेश ने 'च्यूक' करके आवाज़ निकाली। "लो, लेकिन यह मुँह में मुँह डालना मुझे अच्छा नहीं लगता।"

"क्यों? देखो तो..."

"नहीं रे! मुझे घिन आती है। वह मुँह का थूक..." राजेश ने नाक-भौं सिकोड़ते हुए कहा और मिथिला का मन ही टूट गया।

"क्या बेतुकी बात कर रहे हो तुम! प्यार में जब पास आते हैं तब वह थूक नहीं रह जाता, उसकी मिठास कुछ अलग ही होती है..."

मिथिला को बीच में ही टोकते हुए राजेश ने पूछा, "तुम्हें कैसे पता चला? तुमने कभी किस किया है?"

मिथिला ने कुछ नहीं कहा। राजेश की बातों में शक नहीं था। 'तुमने कभी किस ही नहीं किया है तो तुम कैसे जान पाओगी?' इस अर्थ में वह बोल गया था। बहस को बढ़ाया तो राजेश के मन में शक पैदा हो सकता है यह सोचते हुए मिथिला ने ज़बान पर ताला लगा लिया और राजेश के हवाले हो गई।

राजेश शुरू में अकेले ही रियाद गया था। और फिर तीन महीने बाद वह मिथिला को ले आया था। राजेश के साथ मिथिला बहुत ख़ुश थी। छोटी-मोटी खिटपिट तो होती रहती थी। पर क़िस्मत को कोसने जैसा कुछ नहीं हुआ था।

यहाँ तक कि बाबू की डिलिवरी के समय जब वह मैके गई थी तब राजेश की चिन्ता के मारे बाबू के तीन महीने का होते ही उसे लेकर वह रियाद वापस आ गई थी।

रियाद का बन्धन भरा माहौल कभी-कभी बहुत चुभता था। बिना बुर्क़ा डाले बाहर नहीं जा सकती थी। जुम्मे को छोड़ छुट्टी नहीं मिलती थी। औरत अकेले घूम नहीं सकती थी। पति के साथ चलते समय भी उसे पति के पीछे चलना पड़ता था। गार्डन में जाएँ तो वहाँ एक तरफ़ मर्द तो दूसरी तरफ़ औरतें होती थीं। बच्चों के स्कूल भी लड़कियों के लिए अलग और लड़कों के लिए अलग थे। कहीं-कहीं तो मांटेसरी का भी ऐसा ही हाल था। लेकिन बाबू जिस मांटेसरी में जाता है वहाँ लड़के-लड़कियाँ साथ-साथ पढ़ते हैं। अगले साल बाबू फ़र्स्ट में जाएगा इसलिए लड़कों वाले स्कूल में जाना पड़ेगा। राजेश को बताना चाहिए कि इंडियन स्कूल में बात करके रखे।

अभी तक बाबू क्यों नहीं आया यह सोचते हुए वह घड़ी देख ही रही थी कि उसी पल गाड़ी का जाना-पहचाना पीक-पीक-पीक करता हॉर्न सुनाई पड़ा। मिथिला जल्दी-जल्दी दरवाज़े के पास आ गई। लेकिन उसने दरवाज़ा नहीं खोला। जब वह नई-नई सऊदी में आई थी तभी वह पहला सबक सीख गई थी। राजेश की राह देखते हुए वह दरवाज़े पर खड़ी थी। राजेश भीतर आ गया और उसके पीछे-पीछे ही बेल बज उठी थी। सऊदी के पुलिस मुत्तवा ने राजेश को स्पष्ट शब्दों में कहा था—अपनी पत्नी से कह देना, ऐसे खुले दरवाज़े के सामने खड़ी रहकर राह देखना या पति के बाहर जाते समय टाटा करना ये सब क़ानून के ख़िलाफ़ है। फिर से ऐसा हुआ तो कार्रवाई करनी पड़ेगी।

राजेश के पैरों की आहट पास सुनाई देते ही बेल के लिए न रुकते हुए मिथिला ने दरवाज़ा खोल दिया।

"देर क्यों हुई?"

"बिना वजह देर होती गई। पहले ऑफ़िस के बाहर ही एक्सिडेंट होने की वजह से गाड़ी बाहर निकालने में दम निकल गया और फिर हर सिगनल पर रेड—दो-दो मिनट रुकना पड़ा।"

"आज भी सो गया क्या?" कहते हुए मिथिला ने राजेश के हाथों से सोये हुए बाबू को अपने पास ले लिया।

"जर्मनी से कोई मेल-वेल आया क्या?"

"नहीं रे! मैंने तो अब आशा ही छोड़ दी है।" जूते निकालते हुए राजेश ने कहा।

"तुम मैसेज भेजकर एक बार पूछो तो सही!"

"नहीं मिठू। ऐसा करना एटिकेट्स के ख़िलाफ़ होगा।"

"एटिकेट्स या नेटिकेट्स?"

राजेश से ही सीखे हुए शब्द से मिथिला ने वार कर दिया।

"छोड़ो उस बात को। ज़रा जल्दी से खाना लगा दो। अभी साइट पर जाना पड़ेगा। आने में देर हो सकती है। परेशान मत होना।" कहते हुए राजेश उठ गया। मिथिला ने बाबू को वैसे ही बिस्तर पर लिटा दिया और फिर पहले राजेश को खाना परोसा।

राजेश के जाते ही उसने बाबू को उठाया। कपड़े निकाले, नहलाया, खिलाया और फिर उसका खाना होने तक ढाई बज गए।

"आज बाबू को क्या पढ़ाया है?" ऐसा कहते हुए मिथिला ने उसका बैग खोला। बैग में रंगीन चित्रों की एक किताब मिली। वह बाबू की नहीं थी।

"बाबू, यह बुक किसकी है? टीचर ने दी है क्या?"

"नहीं मम्मी। वह ना रे...नसलीन की है। उशने दी है मुझे।" राजेश को सुनकर बाबू भी मुझसे 'रे' कहकर बात करता है। ग़नीमत है 'मिठू' कहकर नहीं बुलाता, मिथिला ने मन ही मन कहा।

"बाबू, ऐसे दूसरों की बुक्स नहीं लेते हैं...!"

"मैंने नहीं लिया। उशने दिया मुझे।"

"देने पर भी 'नो थैंक्यू' कहना और वापस करना, हँ...! बोलो, क्या कहना है?"

"नो तांऽकू," बाबू ने कहा और ख़ुद पर ख़ुश होकर ताली बजाई।

"और ये क्या है?" मिथिला को बैग में एक पत्र भी मिला।

"वो ना तिचल ने दिया है। पापा और मम्मी को देने को कहा..."

पत्र खोलकर देखा तो पता चला कि प्रिंसिपल का पत्र था।

'डियर पैरेंट्स, आपके बच्चे के मिसबिहेवियर की तरफ़ आपका ध्यान दिलाने के लिए, बच्चे के साथ कल दोपहर बारह बजे आप दोनों का स्कूल के ऑफ़िस में हाज़िर होना ज़रूरी है।' इस अर्थ वाला वह पत्र पढ़कर मिथिला को अचरज हुआ।

"बाबू...तुमने स्कूल में क्या किया?"

"ए.बी.शी. किया।"

"और क्या किया? किसी को मारा तो नहीं ना?"

"नहीं मम्मी।"

"तो फिर? टीचर को कुछ कहा क्या?"

"ना मम्मी। तिचल ने ही मुझे डाँटा।"

"भला क्यों? क्या किया तुमने?"

"नसलीन की आँख में ना, कुछ गया था। मैंने फूऽ किया..."

"फिर?"

"तिचल ने मुझे दूल बैठने को कहा।"

मिथिला ने सोचा कि बाबू से कुछ पूछने से अच्छा है कि कल टीचर से ही पूछ लेंगे।

आम तौर पर टी.वी. देखते हुए मिथिला का समय बीत जाता। लेकिन आज टी.वी. में मन नहीं लग रहा था। बस, राजेश जल्दी घर आ जाए यह सोचते-सोचते मिथिला ने समय निकाल दिया। वैसे रोज़ जल्दी घर पहुँचनेवाला राजेश आज ज़रा देर से ही पहुँचा। जब आया तब बड़ा ग़ुस्से में था।

"सत्यानाश हो इन सूरतों का।"

"क्या हुआ राजेश?" ये अब और कौन-सी नई मुसीबत आ गई, सोचते हुए मिथिला ने पूछा।

"साइट पर जाते समय मैंने हाइवे पर साइड लाइट दिए बिना लेन बदल दी इसलिए मुझे चालान थमा दिया। मैंने कहा कि मैंने दी थी तो बोले लेट दी थी।"

"फिर?"

“भला इस देश में हम उलटा जवाब दे सकते हैं? पाँच सौ रियाल का चालान कटा!”

“भर दिया?”

“नहीं। कल भरना है। इसलिए कल ऑफ़िस पहुँचने में भी देर हो जाएगी।”

पाँच सौ रियाल का मतलब कम पैसे नहीं थे। पाँच हज़ार रुपये। इस देश में आए ही थे पैसे कमाने के लिए। और उन पैसों को अगर इस तरह बेकार में ख़र्च करना पड़े तो राजेश को इस तरह ग़ुस्सा आना स्वाभाविक था।

राजेश के आते ही उसे उस पत्र के बारे में बताकर अपने मन का बोझ हल्का करने की राह देखती मिथिला ने राजेश के हाथ-पाँव धोकर, हाथ में पेपर लिये बैठने तक अपने आप को रोके रखा। फिर पूरी बात बताते हुए पत्र उसके सामने रख दिया। पढ़ते ही राजेश के माथे पर सिलवटें पड़ गईं।

“कल वो मुत्तवा का क़िस्सा हुआ। आज यह सुरता वाला। कल और क्या देखना पड़ेगा पता नहीं।” यह कहकर राजेश खाना खाने उठ गया।

साढ़े चार साल के बाबू ने सही बरताव नहीं किया मतलब आख़िर किया क्या था उसने? पर इसे जानने का कोई रास्ता नहीं था। बाबू से पूछना भी बेकार था। बाबू ने अगर कुछ किया भी होगा तो वह नादानी में ही किया होगा। पर किया क्या...?

राजेश ने सुबह ऑफ़िस में फ़ोन करके आधे दिन की छुट्टी ले ली। पहले जाकर कल जो चालान कटा था उसका जुर्माना भर आया। ख़ुश दिख रहा था!

“अच्छा हुआ कि मेरे लाइसेंस पर कोई रिमार्क नहीं आया। नहीं तो हमेशा के लिए दर्ज हो जाता।”

“जाने दो। कम-से-कम दिन की शुरुआत तो अच्छी हुई।” मिथिला ने आशाभरे स्वर में कहा। दोपहर होने तक लग रहा था कि सेकंड का काँटा भी निढाल हुआ-सा आगे बढ़ रहा है।

बारह बजने के पहले ही दोनों स्कूल में पहुँच गए। ठीक बारह बजे प्रिंसिपल ने उन्हें ऑफ़िस में बुला लिया। माथे पर गात्रा और बदन पर अरबी जामा पहने एक अरब शख़्स पहले से ही वहाँ बैठा था। बिना किसी प्रस्तावना

के प्रिंसिपल ने दोनों को सम्बोधित करते हुए अंग्रेज़ी में कहा—

"वी हैव अ सीरियस कम्प्लेंट अबाउट युअर सं'स मिसकंडक्ट।"

राजेश और मिथिला कुछ समझ नहीं पाए। चिन्तित हो गए। राजेश ने झूठ-मूठ की हिम्मत दिखाते हुए ज़बान खोली, "व्हाट हैज ही डन, सर?"

प्रिंसिपल ने पल भर के लिए उस अरब की ओर देखा और फिर गम्भीर स्वर में कहा—

"युअर सन हैज किस्ड मि. शहाबुद्दीन्'स डॉटर नसरीन।"

राजेश भौचक्का-सा देखता रह गया। साढ़े चार साल के बाबू ने नसरीन का किस लिया—मतलब पप्पी ली। इतना ही ना! डर लगा था कि कहीं बाबू ने किसी को मारा-पीटा तो नहीं! या फिर नादानी में कहीं किसी को कुछ चुभो दिया, ख़ून वग़ैरह निकाल दिया! बस एक पप्पी ही तो ले ली है ना? लेकिन ये देश है ही ऐसा! इतने से गुनाह के लिए भी बाबू को जेल में डालने से पहले आगे-पीछे नहीं सोचेंगे। या फिर इसकी सज़ा के रूप में माँ-बाप को पैक तक कर सकते हैं।

मिथिला को इस सबसे जैसे कोई लेना-देना ही नहीं था। अचानक सिर पर का बोझ उतर जाने के कारण उसे एकदम हल्का महसूस हुआ। चेहरे पर मुस्कान छाने लगी। उसने झट से चेहरे पर बुर्क़ा ओढ़ लिया।

बड़ी मासूमियत के साथ ये सब देख रहे बाबू के हाथ को अपने हाथों में लेकर बड़े प्यार से दबाया। राजेश का बेटा होते हुए भी बाबू ने चार लोगों के बीच नसरीन को किस किया था। किसी भी बात की परवाह न करते हुए!

"वी कैन रस्टीकेट योर चाइल्ड फॉर दिस एक्ट।" प्रिंसिपल ने सख़्त आवाज़ में कहा। "पर चूँकि ऐसा पहली बार हुआ है इसलिए चुप रहेंगे। आप उसे समझाइए। अगर उसने दुबारा इस तरह का मिसकंडक्ट किया तो हम बरदाश्त नहीं करेंगे।"

राजेश ने चैन की साँस ली। "आइ एस्योर यू दैट, सर।" और उस अरब व्यक्ति की ओर देखते हुए माफ़ी भरे स्वर में राजेश ने कहा, "सॉरी, सर!"

सॉरी, माई फुट! मिथिला को राजेश पर बड़ा ग़ुस्सा आ रहा था। बाबू को ज़ोर से झप्पी देकर उसका अभिनन्दन करने का मन कर रहा था और ये

साहब उस अरब व्यक्ति से सॉरी कह रहे थे!

सस्ते में छूट गए यह सोचते हुए राजेश मिथिला और बाबू को लेकर बाहर आ गया। वैसे मिथिला हमेशा बाबू को पीछे बिठाती थी। लेकिन आज उसने बाबू को आगे ही बिठाया।

"क्यों बाबू, तुमने उस नसरीन को पप्पी दी?" कार स्टार्ट करने से पहले ही राजेश ने पूछा।

"हाँ, पापा। लेकिन पहले नसलीन ने मुझे दी।" बाबू ने मासूमियत से कहा।

'ऐसा नहीं करते' या 'फिर कभी ऐसा मत करना,' कुछ इसी तरह की बात करने के लिए राजेश का मुँह खुलने से पहले ही मिथिला ने बाबू को अपनी बाँहों में लेते हुए पूछा, "क्यों बाबू, पप्पी मीठी थी क्या?"

बाबू शरमा गया और गर्दन हिलाकर ही 'हाँ' बोल गया।

"मेरा सोना बेटा!" कहते हुए मिथिला ने उसे बाँहों में इस तरह भर लिया कि दबाव से बाबू कसमसा उठा।

"बस भी करो मिठू। तुम ऊपर से उसका लाड़ कर रही हो?" गाड़ी स्टार्ट करते हुए राजेश ने कहा। "शुक्र मानो कि उन्होंने चेतावनी देकर छोड़ दिया! वापस फिर से किया तो..."

"करने दो फिर से! क्या करेंगे? ज़्यादा से ज़्यादा स्कूल से निकाल देंगे। एनीवे, तीन महीने बाद यहाँ से जाना ही है उसे। हम लोग उसे सीधे इंडियन स्कूल में डाल देंगे।"

"उसे अच्छी तरह समझाने की बजाय उलटा तुम बहस छेड़ रही हो?"

"कभी-कभी बच्चों से बड़ों को सीख लेनी चाहिए, राजेश!" मिथिला ने कहा। लेकिन ट्रैफ़िक की आवाज़ में शायद उसने नहीं सुना या फिर उसे बहस नहीं करनी थी। गाड़ी आगे बढ़ती रही।

घर पहुँचने तक रोज़ की तरह बाबू सो चुका था। लॉक खोलने के पहले ही अन्दर फ़ोन बज उठा। दरवाज़ा खोलते ही राजेश फ़ोन की तरफ़ भागा और मिथिला बाबू को लेकर बेडरूम में चली गई। बाबू को कॉट पर लिटा दिया

और उसके जूते निकालकर उठ ही रही थी कि राजेश दौड़ता हुआ अन्दर आ गया। उसका चेहरा ख़ुशी से दमक रहा था। मिथिला का हाथ पकड़कर उसने अपने पास खींच लिया। कसकर पकड़ते हुए उसे ऊपर उठा लिया और फिर घुमाते हुए बताने लगा—"गुड न्यूज़ मिठू—मुझे फ़ेलोशिप मिल गई है। फ़ैमिली के साथ बुलाया है। अब हम सब जर्मनी जाएँगे।"

मिथिला एकदम उत्साहित हो गई। उसकी ख़ुशी अब दोहरी हो गई थी।

राजेश को अपनी बाँहों में भींचते हुए मिथिला ने कहा, "कांग्रेट्स राज..." और उसने अपना सिर उसके कन्धे पर रगड़ दिया।

राजेश ने भी मिथिला को ज़ोर से अपनी बाँहों में पकड़ लिया।

"और कसकर पकड़ो..." मिथिला के ऊष्ण शब्द राजेश के कानों से टकरा गए। गालों से गाल सट गए। गरम साँसें एक-दूसरे में घुल गईं। अपने आप होंठ खुल गए।

"मेरा राज..." इन शब्दों के साथ ही मिथिला के होंठों ने उसके गालों पर अपनी मुहर जमा दी।

राजेश ने भी मिथिला के गालों पर अपने होंठ टिका दिए। होंठ फिसलते हुए होंठों पर आ गए। मिथिला ने होंठ चूस लिया। अनजाने ही राजेश ने भी मिथिला का होंठ आवेग से पकड़ लिया। एक अनोखा अनुभव, एक अद्‌भुत रोमांच, दो जिह्वाएँ उद्‌दीप्त हो उठीं...

"मम्मी!" बाबू उठकर आश्चर्यचकित नज़रों से उनकी तरफ़ देख रहा था। दोनों झट से अलग हो गए।

"मम्मी, क्या कलती हो?"

"अं! कुछ नहीं सोना! पापा की आँख में ना कुछ पड़ गया था।" मिथिला ने कहा।

"पापा, तुमने मम्मी को पप्पी दी?" बाबू ने चोरी पकड़ ली है यह देखकर राजेश पहले तो सकपका गया। फिर हँस पड़ा।

"हाँ। लेकिन पहले मम्मी ने मुझे दी!"

और मिथिला भी तृप्त मन से हँस पड़ी!

इनसानों के देस में

रामनगर पहुँचने तक ऐसा कुछ नहीं हुआ था जिसे असामान्य कहा जा सके। सभी बैल अच्छी तरह एकदम क़तार में चल रहे थे। बीच-बीच में ज़रा दौड़ पड़ते थे। बुद्धू के गले में बँधे घुँघरुओं से निकल रही मधुर ध्वनि के ताल पर, हाथों में पकड़ी पतली लचीली छड़ी से उन्हें हाँकते हुए पीछे से हलसिद्धू दौड़ रहा था।

बस...एक दिन और! फिर गोवा! हर एक बैल के पीछे चालीस तो मिल ही जाएँगे! मवेशियों को एक बार खताल के हवाले कर देने के बाद पैसे गिन लेंगे और फिर वापसी के लिए सामान भी ख़रीदेंगे।

गोवा की वह हरी-भरी भूमि, जिसके बारे में उसने अब तक कई लोगों से सिर्फ़ सुना था, अब बस कुछ ही समय में वह उसकी आँखों के सामने आनेवाली थी। सम्मोहित हुए से हलसिद्धू ने हाथ की छड़ी को सट् से बुद्धू की पीठ पर जमा दिया। इस पर जब बुद्धू छलाँग लगाकर दौड़ने लगा तब सामने चल रहे बैल के पिछवाड़े को उसके सिर का धक्का लगा। सामनेवाला बैल अपनी पूँछ ऊपर उठाते हुए एक तरफ़ दौड़ पड़ा। इतने में पीछे से तेज़ी से आ रहे एक ट्रक ने उसे धक्का दे दिया। चोट लगते ही वह ज़ोर से रँभाता हुआ रास्ते पर गिर पड़ा। ट्रक बिना रुके चला गया।

सिद्धू के हाथ-पाँव ठंडे पड़ गए। अब क्या करे? उसने बाक़ी बैलों को जल्दी-जल्दी हाँककर, रास्ते की बग़ल में जो खुली जगह थी, वहाँ इकट्ठा किया और फिर वापस रास्ते पर आ गया। मदद की गुहार लगाती हुई नज़रों

से बैल सिद्धू की ओर देख रहा था। उसकी कमर की हड्डियाँ पूरी तरह टूट चुकी थीं। आगे के पैर हिलाते हुए मानो वह अपने ज़िन्दा होने का सबूत दे रहा था, बस! सिद्धू ने वहीं उसकी बग़ल में बैठक जमा दी।

रास्ते से गुज़रनेवाले राहगीर पल भर के लिए रुक जाते, तरस खाते, और फिर अपने रास्ते चल पड़ते। कुछ देर बाद वहाँ से गुज़रनेवाले एक ट्रक के ड्राइवर ने पलभर के लिए ट्रक रोका और फिर दनादन गालियाँ बरसाता हुआ सिद्धू पर ही बिफर पड़ा—"खींचकर बाजू में कर दो उसे। दिखाई नहीं देता, ट्रैफ़िक के रास्ते में आ रहा है?"

घर से निकलने से पहले पिता ने बहुत सारी ज़रूरी हिदायतें दी थीं। खताल ने भी काफ़ी बातों के बारे में सावधान रहने के लिए कहा था। पर रास्ते में अगर इस तरह की दुर्घटना हो जाए तो क्या करना है यह किसी ने नहीं बताया था।

आँ...ऊ करते हुए, आने-जानेवाले के सामने हाथ जोड़ते, पैर पड़ते हुए, सिद्धू ने बैल को किसी तरह खींचकर सड़क के किनारे ला दिया। अधपेट रहकर दिन निकालने की नौबत आने के कारण बैल एकदम हड्डियों का ढाँचा-सा बन गया था, फिर भी तीन लोगों के लिए भारी साबित हुआ। बैल की दीन-हीन नज़र से नज़रें मिलाने से सिद्धू कतराने लगा। यहाँ-वहाँ देखने लगा। दूर एक झोंपड़ीनुमा घर दिखाई दिया। बाक़ी बैलों को रास्ते से दूर एक सुरक्षित जगह पर रखकर सिद्धू उस घर की तरफ़ चल पड़ा। एक बूढ़ा बाहर ही बैठा हुआ था। सिद्धू ने उससे पानी माँगा। वैसे माँगा था बैलों के लिए। पर बूढ़ा पानी गिलास में लेकर आया। उसे पीने के बाद सिद्धू ने बैल के साथ जो हादसा हुआ था उसके बारे में बता दिया। तब उसने पानी से भरी प्लास्टिक की एक बोतल दे दी।

सिद्धू ने बोतल बैल के मुँह में ख़ाली की। पर कितना पानी उसके मुँह में और कितना बाहर गिरा यह कह पाना मुश्किल था।

"गोवा लेकर जा रहे हो बैल को?"

बूढ़ा उसकी बग़ल में आकर खड़ा हुआ।

सिद्धू ने गर्दन हिलाई।

"खताल कौन है?"

"क़ासिम।"

"अब क्या करनेवाले हो?"

सिद्धू चुप रहा।

"मेरी बात सुनो। यह बैल तो अब खड़ा होने से रहा। टैं बोलने से पहले अगर इसे जल्द ही किसी खताल के हाथ बेचोगे तो कम-से-कम चार पैसे तो मिल ही जाएँगे! यहाँ से आधे घंटे की दूरी पर करीम रहता है। उसे बुलाऊँ क्या?"

सिद्धू फिर भी चुप रहा। बैल ने अपना सिर ज़मीन पर टिका दिया था। गिरी हुई हालत में भी वह अपनी याचनाभरी दृष्टि से सिद्धू की ओर लगातार देख रहा था। शायद 'ख़त्म कर दो मेरी यातनाएँ,' कह रहा था।

"मैं क़ासिम को जानता हूँ। मैं भी पहले मवेशियों को पहुँचा आने का काम करता था। मेरा खताल नबी है। इस नबी के पास रहकर ही क़ासिम तैयार हुआ है। जब मैं गोवा जाता था तब उससे मिलना तो होता ही था। अब मुझसे नहीं हो पाता।"

सिद्धू अपनी ही चिन्ताओं में फँसा था।

"आप्पा! खताल से क्या कहूँगा? वो मुझे..."

"क़ासिम से कहो कि दरगाह वाले अशरू मियाँ ने ही तुम्हें ऐसा करने के लिए बोला था। वह इस ओर आएगा ही। तब मैं भी उसे बोल दूँगा। ग़लती तुम्हारी नहीं है। और तंग रास्ते पर इस तरह का कुछ न कुछ होता रहता है यह वह भी अच्छी तरह से जानता है।"

अशरू मियाँ की इन बातों ने सिद्धू को ज़रा धीरज दिया। करीम के आने तक दिया-बाती का समय हो गया था। आते समय वह छोटा-सा ऑटो रिक्शा भी लेकर आया। छोटे-से रिक्शा में उस बड़े बैल को वह दबा-दबाकर ठूँसने लगा।

"तकलीफ़ होगी उसे। दर्द होगा।"

सिद्धू की तड़प देखकर करीम ने उपहास-भरी हँसी हँसते हुए कहा—

"पालने नहीं, मारने ले जा रहा हूँ।"

जब करीम जाने के लिए मुड़ा तब सिद्धू ने धीरे से बूढ़े से पूछा—

"और पैसे?"

"तुमने अब अगर पैसे माँगे तो मिट्टी के मोल ले जाएगा। मैंने उसे क़ासिम को ही देने के लिए कहा है। क़ासिम का ये रोज़ का रास्ता है। वह भी जानता है उसे। तुम क़ासिम को बोल देना कि मैंने ही कहा था तुम्हें।"

सिद्धू की जान में जान आ गई।

वह रात हलसिद्धू को वहीं बितानी पड़ी। अशरू मियाँ से जो एक बड़ा बरतन वह ले आया था, उसमें उसने थोड़ी खली को पानी में भिगो दिया। यल्लमा के प्रसाद को जैसे बाँटा जाता है वैसे उस बरतन को सभी बैलों के सामने घुमाया। फिर बरतन में पानी डाला। एक-दूसरे को धकेलते हुए बैलों ने जितना मिल सकता था उतना चाट डाला। बाद में उसने बैलों को इकट्ठा करके घेरे में बिठा दिया। बीच में उसका बुद्धू भी बैठा था, जुगाली करता हुआ।

अम्मा ने सिद्धू को रास्ते में खाने के लिए जो सामान दिया था, उसने उसे एक कपड़े की पोटली में डालकर बुद्धू के सींगों पर इस तरह लटका दिया था जैसे खूँटी पर टाँगते हैं। सिद्धू ने उसे वहाँ से निकाला। जिस बोतल से बैलों को पिलाया था उसी में पानी भरकर ले आया और बग़ल के घोडगा पेड़ के नीचे उसने अपना आसन जमा दिया। लगा जैसे पेट में किसी ने बहुत बड़ा गड्ढा खोद दिया है। लहसुन की चटनी के साथ ज्वार की तीन रोटियाँ खाने के बावजूद एक और खाने का मन कर रहा था। पर इस इच्छा को दबाते हुए उसने पोटली को बन्द किया। वैसे आधी रोटियाँ अभी तक बची हुई थीं। लेकिन वापसी के समय खाने के लिए कुछ बचाकर भी रखनी थीं ना? पानी पीकर डकार लेता हुआ वह पेड़ के नीचे लेट गया।

बिलकुल ऐसा ही एक पेड़ उसके दरवाज़े पर भी था। इससे थोड़ा बड़ा ही था। पर पिछले साल पतझड़ में सब पत्तों के झड़ जाने के बाद अब दस महीने बीतने पर भी, अभी तक उस पर कोई नया पत्ता नहीं उगा था। बारिश जो नहीं हुई थी! वह क्या करता? उसकी हज़ार टहनियाँ थीं, पर सब अब बेजान होकर सूख गई थीं। वहाँ पूरी तरह सूखा पड़ा था। यहाँ इस पेड़ पर देखो कितने अच्छे पत्ते हैं! और कहते हैं, गोवा पहुँचने पर तो चारों ओर हरियाली ही हरियाली होगी!

"जब बड़े हो जाओगे तब गोवा जाकर बस जाना और इनसान जैसे जीना।"

आप्पू ने सिद्धू से कहा था। जो आप्पू से नहीं हो पाया वह बेटा कर पाए यह उसकी इच्छा थी।

खानपुर के बाद हाइवे के पास से सात मील अन्दर उसका गाँव था जहाँ एक भी पाठशाला नहीं थी। आप्पू के पिता ने कभी बाबासाहेब आंबेडकर के भाषण सुने थे। उन्होंने ही आप्पू से कहा था—

"पढ़ो और इनसान बनो।"

आप्पू स्कूल गया, प्राथमिक शिक्षा ले ली, लेकिन इनसान नहीं बन पाया। आगे चलकर महार बस्ती के बहुत से बच्चे स्कूल जाने लगे। हाईस्कूल में भी पहुँच गए। पर जो गाँव में रह गए उनमें से कोई भी इनसान नहीं बन पाया। खानपुर-बेलगाँव पहुँचनेवाले बच्चे गाँव में रहनेवालों से अधिक तरक़्क़ी कर गए। पर आप्पू ने इससे भी अलग दुनिया देख ली थी। उसकी पहचान के दो-चार लोग गोवा में रहते थे। इस बहाने आप्पू दो-तीन बार गोवा होकर आया था। वहाँ का जीवन देखकर आप्पू ने सिद्धू से कहा था—

"सिद्धू ज़्यादा पढ़-लिख नहीं पाए तो कोई बात नहीं। लेकिन जब बड़े हो जाओगे तब ज़रूर गोवा जाकर रहना और इनसान बनना।"

गोवा जाकर रहूँगा और इनसान बनूँगा यह सपना देखकर ही सिद्धू बड़ा हुआ। पर यह साकार होने के कोई आसार नज़र नहीं आ रहे थे।

जब एक दिन खताल गाँव में पहुँचा तब सिद्धू की आशा पल्लवित हुई। गाँव में सूखा पड़ा था। किसानों पर फ़ाक़े की नौबत आ गई थी। उनके पेट-पीठ एक हो गए थे। खाते-पीते घरों में भी सिर्फ़ एक जून की रोटी मिल पाती थी। जहाँ इनसानों का यह हाल था वहाँ मवेशियों की खोज-ख़बर लेने कौन जाता? बूढ़े मवेशियों की तो बात ही छोड़िए, जवान मवेशियों के शरीर पर भी हड्डियाँ-पसलियाँ गिनी जा सकती थीं। ऊपर से बारिश की उम्मीद में इन बैलों के कन्धों पर जुआ रखने के कारण उसकी रगड़ से बैलों के कन्धों पर घाव बन गए थे। ये दुबले-पतले बैल अब किसी काम के नहीं रह गए थे। जिन मवेशियों को अपनी सन्तान की तरह बड़ा किया था आज वही बोझ बन गए थे।

किसान की बेबसी, लाचारी खताल के लिए ख़ुशी की सौगात लेकर आती है। उसका काम ही होता है—विवश किसानों के मवेशियों को सस्ते दाम पर ख़रीद लेना और दूर-दराज़ के कसाई ख़रीदारों को महँगे दामों में बेच देना। सिर पर पगड़ी पहने दढ़ियल क़ासिम गोवा से मोटरसाइकिल पर सवार होकर बड़ी शान से गाँव में आता था। पहले उसने गाँव के ज़रूरतमन्द लोगों की हैसियत का जायज़ा लिया और फिर बैलों का दाम तय किया। हाथ में जो भी पड़ा वही बहुत है यह मानकर लोगों ने उसे ले लिया।

सिद्धू के पास भी बैल था। सिद्धू उसे देना नहीं चाहता था। पर आप्पू बैल को रखने नहीं देगा इस बात को वह जानता था। लेकिन आश्चर्य की बात यह हुई कि आप्पू ने ही कह दिया कि बैल नहीं देना है।

मवेशियों को हाँकते हुए गोवा लेकर जाने के लिए खताल को एक आदमी की ज़रूरत थी। क़ासिम जब गाँव आया था उसी समय आप्पू ने इस बात को ताड़ लिया था।

"यह है हलसिद्धप्पा! इसकी तगड़ी सेहत तो देखो! बैलों को लेकर जाने का काम यह कर लेगा।"

और भी चार लोग बैलों को लेकर जाने के इस काम पर नज़र जमाए हुए थे। पर जवान हलसिद्धू की देहयष्टि और उसका उत्साह देखकर खताल ने उसी को चुन लिया था। इसके बाद आप्पू ने सिद्धू को अपनी योजना बता दी थी...उस खताल को बैल बेचने के बजाय उसके द्वारा ख़रीदे हुए बारह बैलों के साथ बुद्धू को भी गोवा लेकर जाना था। क़ासिम के बारह बैल उसके हवाले करने के बाद अच्छा सा ग्राहक देखकर बुद्धू को वहीं किसी को बेच आना था। वहाँ दुगनी क़ीमत मिल सकती थी। आप्पू का दिमाग़ कितना तेज़ है यह देख सिद्धू बड़ा ख़ुश हुआ था। खताल पशु-चिकित्सक से बारह के लिए ही काग़ज़ात बनाकर ले आया था। पर आप्पू ने कहा था—क्या बारह और क्या तेरह! किसी के ध्यान में नहीं आएगा।

बैलों के खुरों में नाल ठुकवाना, उनके सींगों पर पहचान के लिए हरा रंग लगाना, वेटरिनरी सर्टिफ़िकेट तैयार करना—ये सभी काम खताल के आदमी ने ही कर दिए थे। लोगों ने बैलों को खताल के हाथों सुपुर्द करने से पहले बैलों

के गले के घुँघरू, घंटियाँ वग़ैरह निकालकर रख ली थीं। पर सिद्धू ने बुद्धू के गले के घुँघरू वैसे ही रहने दिए थे। यह सोचकर कि जब बेचा जाएगा तब बाद में निकाल लेंगे।

अम्मा ने ज्वार की ढेर सारी रोटियाँ बनाई थीं। लहसुन की चटपटी चटनी तैयार की थी। इन्हें बनाते समय मुँह की बड़-बड़ भी जारी थी।

"सौन्दत्ती येल्लमा का मेला पास आ रहा है। पाँच रातें वहाँ गुज़ारनी होंगी। जैसे ही काम ख़त्म हो जाएँ वैसे ही तुम्हें आना होगा। मेले में उस अनशी को भी ले जाएँगे येल्लमा के चरणों में। तुम आने में देर न करना। इस सफ़र से अगर कुछ पैसों की कमाई हो गई तो फिर मेले के बाद अनशी को ब्याह कर लाना घर में।"

आख़िर अनशी को बहू बनाकर लाने की उसकी चाहत को आप्पू और अम्मा ने स्वीकार किया बस यही सोचकर सिद्धू ख़ुश हो उठा था।

पिछले साल येल्लमा के मेले के एक दिन पहले जब वह माँगबस्ती में पहुँचा था तब दोनों हाथों से गोबर के उपले पाथते हुए अनशी को उसने पहली बार देखा था। अनशी ने घाघरे को पैरों के बीच से पीछे लेकर कमर में खोंस रखा था। फटी अँगिया से यौवन बाहर फुदक रहा था। अस्त-व्यस्त हुए बाल आँखों पर उतर आए थे। हलसिद्धू की बँधी हुई नज़र को देखकर वह सतर्क हो गई थी। गोबर सने हाथों से ही माथे पर उतर आईं लटों को ऊपर उठाते समय उसके गाल भी गोबर से सन गए थे। यह देखकर सिद्धू को हँसी आ गई थी। और यह देख अनशी शरमा गई थी। फिर येल्लमा के मेले के समय जिस छोटी पहाड़ी पर उन्होंने डेरा जमाया था, वहीं उसने अनशी को दोबारा देखा था। पहले दोनों आँखों-आँखों में ही बातें करते रहे। आख़िरी रात को सिद्धू उसे खींचकर बग़ल की झाड़ियों में ले गया और उसे ज़ोर से बाँहों में कसते हुए कहा था—

"तुम अपनी अम्मा से कह देना। मैं भी घर में बता दूँगा।"

लेकिन जब उसने घर में यह बात उठाई तब आप्पा ने झट से कह दिया—

"ऐसे कैसे हो सकता है? वह माँग है, हम महार।"

अम्मा ने बात को और आगे खींचा—

"वैसे माँग हैं तो हमसे नीचे, लेकिन हमें अपने से निचला कहते हैं।"

सिद्धू ने मर्म-स्थल पर प्रहार किया—

"बाबासाहब ने यही सिखाया है हमें?"

और फिर रिश्ता पक्का हो गया। अब चार पैसे जमा होते ही ब्याह होगा।

ट्रक ने जब बैल को धक्का मार दिया था तब लगा था कि अब उसे ही ऊपर से खताल को पैसे देने पड़ेंगे। चलो! अच्छा हुआ जो ये अशरू मियाँ मिल गए। दरगाह वाले अशरू मियाँ! आँ...मतलब यहाँ पास ही दरगाह होगी। कल तड़के उठते ही दरगाह पर मत्था टेकने जाना चाहिए। पीर कोई भी हो। उसके पास मन्नत माँगनी चाहिए—जल्दी ब्याह होने दो। अनशी को लेकर तुम्हारे चरणों में आऊँगा।

जब से उस रात अनशी को कसकर पकड़ा था तब से हर रात यही हाल हो रहा था...उसने करवट बदली। दोनों पैरों को मोड़ते हुए पेट की ओर कर लिया। दोनों हाथ जाँघों के बीच में ले गया और टटोलने लगा, सहलाने लगा। उसकी साँसों की रफ़्तार तेज़ हो गई।

जब उसकी आँख खुली तब चाँद अभी भी चमक रहा था। दरगाह पर जाकर बाहर से ही हाथ जोड़कर चला आया। जुगाली करते हुए बैठे बैलों को उठाया। गोबर और मूत की बास नाक में भर गई। गाँव में होते तो इतना गोबर इकट्ठा करने पर पच्चीस-तीस उपले पाथ लिये जाते। यह सोचते-सोचते सुबह होने से पहले ही वह बैलों को हाँकने लग गया।

गोवा जैसे-जैसे पास आता जा रहा था, वैसे आसपास का परिसर भी हरा-भरा होता जा रहा था। सिद्धू की तरह बैल भी शायद गोवा पहुँचने के लिए उत्सुक हो उठे थे। उनकी चाल में भी फुर्ती आ गई थी। रास्ते में जब कोई तंग मोड़ आ जाता तब सिद्धू चतुराई से मवेशियों को किनारे कर लेता। इसके बावजूद पीछे से आ रहे कुछ ट्रकों की बेवजह रफ़्तार धीमी हो जाती और उनके चालक गालियाँ देते हुए चले जाते।

दोपहर होने तक रास्ता तप गया था। आप्पू ने जो एक जोड़ी जूते दिए थे उन्हें सिद्धू ने बैल के सींगों पर लटका दिया था। अब उन्हें निकालकर पैरों में

पहन लिया। डामर के रास्ते पर चलने की उसे भी आदत नहीं थी और बैलों को भी। पर बैलों के पैर इस रास्ते पर न फिसलें इसलिए उनके खुरों में पहले ही नाल ठुकवाई गई थी। सिद्धू के पास जूते नहीं थे। उसे आदत ही नहीं थी। आप्पू के पास सिर्फ़ वही एक जोड़ी जूते थे। वे भी चमड़े के। इन्हें वह किसी मन्दिर से उड़ा लाया था पर पहनता नहीं था। लेकिन नियम से झाड़-पोंछकर, तेल लगाकर रखता था। साल में एक बार कभी पहनकर ऐंठ दिखाता था। कभी माँगने पर भी सिद्धू को नहीं देता था। पर इस बार उसने ख़ुद निकालकर दिए थे। रास्ता तपने पर पहनने के लिए कहा था। पर पहनकर एक घंटा चलने के बाद ही जूते काटने लगे। ध्यान बैलों से हटकर बार-बार जूतों की ओर जाने लगा। तब उसने जूते निकाल दिए। फिर से उन्हें प्लास्टिक के थैले में डाल लिया और थैला सींगों पर लटका दिया। गोवा की सीमा जाँच-चौकी पर काग़ज़ात की जाँच हुई।

"किसके हैं? क़ासिम खताल के? बारह हैं ना? जाओ।"

जाँच-चौकी पर प्रत्येक बैल को वैक्सीन लगाई गई। एक-एक करके बैल गिने गए। क़ासिम ने बारह का कमीशन खिलाकर रखा था। तेरह होते तो शायद झंझट में फँस जाता। उस एक बैल के मर जाने से वह बच गया था।

चलो, पहुँच गए गोवा! अब यहीं कहीं काम ढूँढ़ना होगा। मकान देखना होगा। इनसान बनना होगा!

आप्पू ने कहा था, खताल जो पैसे देगा उन पैसों को लेने के बाद ख़ाली हाथ मत आना। आते समय उन पैसों से शराब की बोतलें ले आना। गोवा में शराब सस्ती है। खानपुर जाकर बेचोगे तो दुगने पैसे मिलेंगे।

आप्पू की व्यावहारिक वृत्ति सीखने लायक है। लेकिन थोड़े पैसे तो ख़र्च होंगे ही। आप्पू-अम्मी के लिए और अनशी के लिए भी गोवा से कुछ तो ले जाना ही होगा।

क़ासिम खताल उसे नाके पर मिलनेवाला था। अभी भी चार घंटों का रास्ता बाक़ी था। शाम हो चली थी। कुछ ही देर में अँधेरा छानेवाला था। उससे अच्छा है कि यहीं कहीं रात गुज़ारने का इन्तज़ाम करते हैं। तड़के निकले तो दोपहर से पहले पहुँच जाएँगे।

सिद्धू ने रास्ते के पास ही खुली जगह ढूँढ़ ली। बैलों को वहाँ इकट्ठा किया। बीच में बुद्धू को बिठा दिया। खाने की पोटली खोल दी। और कल की तरह ही पाँव मोड़कर, पेट से सटाता हुआ, अनशी को याद करते हुए सो गया।

सुबह होने से पहले ही बुद्धू के गले की घंटियाँ उसकी चाल के ताल पर बज उठीं। चारों ओर भरपूर हरियाली। रास्ते पर पानी ही पानी। बस्ती-बस्ती में सार्वजनिक नल। अनशी को यहाँ कोई दिक़्क़त नहीं होगी। कहते हैं कि यहाँ के लोग बहुत अच्छे हैं। यहीं रहेंगे। इनसान बनेंगे!

एक मन्दिर के पास सभा चल रही थी। कोई एक कुर्ताधारी नेता आवेश में आकर भाषण दे रहा था। लोग तालियाँ बजा रहे थे। सिद्धू ने चाल धीमी की। धूप आँखों में आ रही थी। पेट में चूहे दौड़ रहे थे। यहीं पोटली खोलें और एकाध रोटी खा लें? या फिर पहुँचने पर खाएँ?

काहे की होगी यह सभा? चुनावों की?

"प्राणियों से प्रेम करो। जानवरों को कष्ट मत दो। अगर कोई देता है तो उसे रोको। क़ानून तुम्हारे साथ है। चोरी-छिपे जो शिकार करते हैं उनकी शिकायत करो। जीभ के चोंचले पूरे करते समय जानवरों को भी दर्द होता है, इस बात को हम भूल जाते हैं। मुर्ग़ों-बकरों की बलि बन्द होनी चाहिए। जो गाय-वाय मारकर खाते हैं उन्हें भी रोकना होगा।"

सभा में आया हुआ कोई एक गला फाड़कर चिल्ला उठा—

"वहाँ रास्ते पर देखो। मवेशियों को क़त्लख़ाने ले जा रहे हैं!"

माइक पर बोल रहे नेता को और जोश आ गया।

"देखिए, गोमाता को हम देवता मानते हैं। बैल को नन्दी कहते हैं। ये मवेशी हमारे खेत जोतते हैं, इसलिए हमें पेटभर खाना खाने को मिलता है। और हम? इन बैलों को हत्या करने के लिए ले जा रहे हैं? क्या ये देखकर भी हाथ नीचे रखकर चुप रहेंगे?"

सिद्धू को उनकी भाषा समझ में नहीं आई। सभा में शामिल लोग तैश में आकर दौड़ने लगे। वे कहाँ दौड़ रहे हैं, इसे देखते-देखते उसने पाया कि वे रास्ते पर पहुँच गए हैं। किसी ने डंडा लेकर तो किसी ने यों ही शोर मचाते हुए

मवेशियों को हाँककर भगाना शुरू किया। बुद्धू भी दौड़ने लगा। बड़ी कोशिश से सिद्धू ने उसे रोका। तब तक लोग दौड़कर आ गए। सिद्धू को खींचकर किनारे कर दिया और बैल को भगा दिया। बुद्धू जब दौड़ रहा था तब उसके सींग पर लटकती हुई खाने की थैली उछलकर नीचे गिर गई। सिद्धू थैली उठाने के लिए दौड़ा। लेकिन लोगों ने उसे पकड़ लिया।

"बैलों को मारने ले जा रहे हो? तुम्हें सबक सिखाना ही होगा। एक झन्नाटेदार थप्पड़ सिद्धू के गाल पर रसीद हो गया।"

"गाय-बैलों की हत्या करता है? पहले तेरी करते हैं।"

फिर से किसी की लात सिद्धू पर पड़ गई। फिर किसी और की। पागल मधुमक्खियों की भाँति लोग उस पर टूट पड़े। प्राणियों से प्रेम करनेवाले इन लोगों ने सिद्धू को जी भरकर पीटा।

लेकिन इन इनसानों ने भला उसे क्यों पीटा था यह बात सिद्धू आख़िर तक समझ नहीं सका!

कौए का श्राप

टोना-टोटका जैसी चीज़ों की तरफ़ मैं कभी भी नहीं गया। वजह साफ़ है, मेरा उन पर रत्ती भर विश्वास नहीं है। लेकिन बाबूसो की बात एकदम उलटी है। वह मेरा ही सगा चचेरा भाई है। आए दिन प्रसाद लगाकर* भगवान की राय लेने भागता है और रही-सही कसर ओझा या भगत के पास जाकर पूरी करता है। और इन सबका नतीजा भुगतनेवाला होता हूँ मैं। कल से मुझे एक भी सवारी नहीं मिली है। वैसे यह टूरिस्ट सीजन है। स्टैंड पर एक भी टूरिस्ट टैक्सी ख़ाली नहीं है। लेकिन परसों मिला हुआ पाँच सौ रुपये का एक छोटा-सा भाड़ा अगर छोड़ दें तो मेरी गाड़ी पूरी तरह बेकार खड़ी है।

"मुझे पक्का पता है, इस बाबूसो ने ही कुछ टोना-टोटका किया होगा।" नाराज़ होते हुए मैंने घर वापस जाने के लिए दरवाज़ा खोला तो बेर्नाद ने कहा, "थोड़ी देर रुककर तो देखो! अगर कोई टैक्सी ढूँढ़ने आ गया तो किसी को तो यहाँ होना चाहिए ना?"

"सुबह से मैं यहाँ खड़ा हूँ। क्या एक भी बन्दा फटका मेरे पास? उकता गया हूँ अब!"

"छोड़ो ना! हर दिन एक जैसा थोड़े होता है? आज तुम्हारा वक़्त सही नहीं है। नसीब गांडू तो क्या करेगा पांडू?" हिन्दी बोलनेवाले टूरिस्टों

* किसी काम या बात पर देवता की राय—स्वीकृति या निषेध—जानने के लिए देवमूर्ति पर पुजारी द्वारा फूल या पत्ता चढ़ाना और उसके गिरने का इन्तज़ार करना। फूल या पत्ते के गिरने के आधार पर ही देवता की स्वीकृति या अस्वीकृति का निर्णय करने की रीति है।

से सीखी हुई कहावत को फेंकते हुए अपने आप पर ख़ुश होनेवाले बेर्नाद को देखकर मेरा जी और भी ख़राब हो गया और मैंने गाड़ी घर की ओर घुमा दी।

वैसे मैं नसीब-वसीब माननेवालों में से नहीं हूँ। कहते हैं कि नसीब पर भरोसा रखनेवाले हमेशा हार जाते हैं। सचमुच, हाथ-पैर हिलाना ज़रूरी है। लेकिन क्या इसका मतलब यह है कि कभी नसीब आज़माकर देखना ही नहीं चाहिए? अगर वक़्त अच्छा हो तो कितनों का नसीब खुल भी तो जाता है! दूर क्यों जाएँ? बाबूसो को ही देखिए ना। एकदम दीवाली के दिन ही उसे मटका* लग गया था। एक झटके में पन्द्रह हज़ार कमाए कि नहीं?

आँ, मटके से याद आया! कल्याण आया होगा। गाड़ी वासू की टपरी के पास ले जाकर खड़ी कर दी। दो सिगरेट ली। वहीं माचिस की तीली जलाते-जलाते क्लोज पूछा। परसों मिले भाड़े के पूरे पाँच सौ रुपये मैंने बत्तीस पे लगा दिए थे। लेकिन आया चौंसठ। एक झटके में पाँच सौ चले गए। सनक में गाड़ी रेस करते हुए ही बाहर निकाली। तो—'कें, कें...' आवाज़ आई। मेरे आने तक शायद हरामी कुत्ता गाड़ी के नीचे आकर बैठ गया था। आसपास के लोग मेरी तरफ़ अजीब निगाहों से देख रहे थे। रास्ते के कुत्ते पर दया दिखाकर उन्हें क्या हासिल होना था, पता नहीं। अच्छा हुआ कि वो मोन्तेरो यहाँ नहीं है। पिछले महीने गाड़ी को घर से निकालकर ज़रा मोड़ के पास पहुँचा ही था कि रास्ते की एक बिल्ली गाड़ी के नीचे आ गई। तब कितना हो-हल्ला मचाया था उसने! कह रहा था 'पेटा' का सदस्य है। मेरी समझ में कुछ भी नहीं आया। बाद में मन्दार ने बताया कि वह पशु-प्रेमी है। 'होगे तुम पशु-प्रेमी लेकिन अपने घर में', मैंने मन में कहा था। लेकिन वह बहुत ग़ुस्से में था—"ये मत समझना कि तुमने रास्ता ख़रीद लिया है। फिर से अगर तुम्हारी गाड़ी के नीचे कोई कुत्ता या बिल्ली आ गई तो मैं तुम्हें छोड़नेवाला नहीं हूँ। आं...बता देता हूँ।" इसे न कोई काम है न धन्धा। रिटायर होने के बाद यहाँ घर बनाकर रह रहा है। जो पड़ोसी मिले हैं वे भी उसी की तरह हैं!

गाड़ी लॉक करके घर में घुसते ही 'शागोती' की तेज़ महक नथुनों में

---

* एक तरह का जुआ।

घुस गई। अपने यहाँ तो आज चिकन-मटन नहीं लाया था। बाबूसो की रसोई में पक रही होगी। बाद में एक दिन नली ने कहा था, "लगता है आज भी बाबूसो को 'मटका' लग गया है।"

"ऐसा क्यों कह रही हो?"

उस पर नली ने कहा था, "साँझ ढले मैंने बाबूसो को देसी मुर्ग़ा लेकर आते हुए देखा था। रोहिदास ने मुँह पर ही पूछा था उससे—मटका लग गया क्या, क्यों रे? तो देवर जी के मन में लड्डू फूट पड़े और वे अन्दर चले गए।"

बाबूसो के बारे में कुछ कह पाना मुश्किल है। मटका लगने की ख़ुशी में मुर्ग़ा ले आया या फिर कोई टोना-टोटका कर रहा है, भगवान जाने! फूटी आँखवाला कहीं का! चार कमरे दिए हैं न तुम्हें? फिर रहो न आराम से! पर नहीं। साहबज़ादे को बराबर हिस्सा चाहिए। मैंने सीधे कह दिया—हक़ चाहिए तो जाओ कोर्ट में। मैं तुम्हें और जगह देनेवाला नहीं हूँ। मैं क़ानून को मानता हूँ, और तुम्हें जितना मिलना चाहिए था उससे थोड़ा भी कम नहीं दिया है। लेकिन लगता है बाबूसो के लिए अब क़ानून से भी बड़ा भगत हो गया है।

हाथ-पाँव धोते ही ज़रा ताज़गी आ गई। नली को आवाज़ देकर चाय बनाने के लिए कहा और आरामकुर्सी पर जाकर बैठ गया। कहते हैं कि ये हमारे दादा का वल्तेर है। पुर्तगालियों के ज़माने का। मेरे दादा कुछ न कुछ करते रहते थे। पक्के सौदागर थे। पहले चोरी-छिपे पुर्तगाली सीमा के उस पार से नीबू, हरी धनिया, नारंगी जैसा सामान लाकर गोवा में बेचते थे। चार पैसे इकट्ठा होते ही कहते हैं कि उन्होंने पैसों की अदला-बदली, विनिमय का धन्धा शुरू किया। मुम्बई या सीमा पार से कोई आता तो उससे इंडियन रुपये लेकर उसे इश्कूद* देना और गोवा से अगर कोई बाहर जानेवाला हो तो उससे इश्कूद लेकर उसे रुपये देना। यह धन्धा बड़ी तेज़ी से चल निकला। पैसा जमा होने लगते ही उन्होंने सोने का व्यापार शुरू किया। गोवा का सस्ते दामवाला सोना लेकर वे चोर रास्ते से होते हुए सीमा पार करते और उसे वहाँ डेढ़ गुना ज़्यादा दाम में बेचते।

---

* पुर्तगाली मुद्रा।

दादा के दो बेटे थे। मेरे पिताजी बड़े बेटे थे। दादा को उनका बड़ा सहारा था। लेकिन बाबूसो के पिताजी पहले से ही दादा के विरोधी थे। 'ये ब्लैक का धन्धा मुझे नहीं करना है,' कहकर दूर एक खदान में सुपरवाइज़र की नौकरी करने चले गए थे। यह घर दादा ने बनवाया था। लेकिन ज़मीन के लिए कोमुनिदाद* वालों को भेंट-चढ़ावे पहुँचाकर फुसलाने से लेकर छत पर खपरैल छाए जाने तक, मकान बनाने का सारा काम मेरे पिताजी की देखरेख में ही हुआ था। मुझे यह सब पिताजी ने ही बताया था और वह भी बाबूसो के सामने। पर बाबूसो स्वार्थी निकला। घर दादा का है, बस, इतना ही दिमाग़ में लेकर बैठ गया। जब सर्दी-जुकाम से पीड़ित होकर चाचा चल बसे तब बाबूसो की शादी तक नहीं हुई थी। शादी हुई और बाबूसो अपना हिस्सा माँगने के लिए खड़ा हो गया। भला क्यों दूँ मैं उसे आधा हिस्सा? मैंने कहा, एक तरफ़ के चार कमरे तुम ले लो और जमाओ अपना संसार। बड़भागे ने बीच का दरवाज़ा ही ग़ुस्से में बन्द कर दिया। नली भी माँ बनी थी। कपिल के छह महीने का होने से पहले ही बाबूसो ने सामने दूसरा दरवाज़ा बनाकर अलग ड्योढ़ी कर ली थी। मैंने कहा, चलो अच्छा हुआ। उससे अच्छे सम्बन्ध बनाए रखकर मुझे क्या फ़ायदा होनेवाला था? मुझे पता है, नली ने देवकी से अपने सम्बन्धों को नहीं तोड़ा है। मर्दों के पीठ-पीछे उनकी बातें होती रहती हैं। घर में शक्कर, दूध, मिर्च कम-ज़्यादा हो तो वे चुपचाप एक-दूसरे के काम आती हैं। मैं अनदेखा कर देता हूँ। नली की जचगी में देवकी ने ही मदद की थी और माधुरी के समय जब देवकी जच्चा बनी थी तब उसका साथ नली ने ही दिया था। मैंने बस इतना ही कहा था—अति मत होने देना।

"विमल का फ़ोन आया था।" चाय का कप मेरे हाथों में थमाते हुए नली ने कहा।

"कह रही थी कि नन्दिनी का रिश्ता पक्का हो गया है।"

"किसका?"

"बड़ी बेटी का। तुम्हारी भानजी का। इतवार को आनेवाली है। तुम्हें घर पर ही रुकने के लिए कहा है।"

---

* गोवा की ऐसी परम्परागत संस्था जिसके अधीन गाँव की ज़मीन के अधिकार होते हैं।

"मैं क्या नौकरी करने जाता हूँ, जो इतवार को घर पर रुकने के लिए कहा है?"

"तुम बताओ ना उसे ये सब..."

"तुम ही बता दो! उसे कह देना कि अगर उस तरफ़ पहुँच गया तो मैं ख़ुद ही जाकर मिल लूँगा।"

विमल की बात निकलते ही चाय पीने की इच्छा ही ख़त्म हो गई। शादी होने तक विमल कितनी अच्छी थी। बहुत दान-दहेज देकर शादी की थी। लेकिन पहला बच्चा होते ही यह कहकर पैसे माँगने आ पहुँची कि हालात ठीक नहीं है। मेरा माथा ठनक गया था। पर ग़ुस्से को पी गया। जो भी हो आख़िर बहन थी वह मेरी! मैंने बिना कुछ कहे दस हज़ार रुपये उसके हाथों में थमा दिए। लेकिन कहा, सब कुछ क़ानूनी तरीक़े से हो तो अच्छा है। वकील से काग़ज़ात बनवाए और विमल और उसके पति के भी दस्तख़त ले लिए। होशियारी का काम साबित हुआ ये। क्योंकि 'तुम लोग हिस्सा माँगो' ऐसा कहकर बाबूसो ने उसके कान भर दिए थे। पति को साथ लिये जब विमल मिलने आई तब मैंने उसे सीधे कह दिया—"यह घर और पीछे की ज़मीन पिताजी की है। उनका बेटा होने के नाते इस घर और ज़मीन पर मेरा अधिकार है।" इस पर वह एकदम आगबबूला हो उठी। "दादाजी ने गोवा मुक्त होने से पहले सोने की सिल्लियाँ लाकर रखी थीं। माँ ने ही बताया था मुझे। कम-से-कम उसका हिस्सा तो दे दो मुझे!"

"बस चार सिल्लियाँ थीं। शादी के समय तुम्हें जो गहने पहनाए थे वे उन्हीं से बने थे।"

"और माँ के बदन पर जो इतने सारे..."

"विमल, अब तुम मेरा सिर मत खाना आँ! मैं इस घर का बड़ा बेटा हूँ। माँ के बदन पर जो गहने थे उन पर उसकी बहू का अधिकार है। तुम्हारी सास के गहनों पर तुम्हारा।"

विमल का पति जब कोर्ट में जाने की बातें करने लगा तब सब स्पष्ट कहना ही पड़ा। 'अपना हिस्सा पा चुके हैं', यह बतानेवाले काग़ज़ात पर उनके दस्तख़त दिखाते ही दोनों की बोलती बन्द हो गई। इस बात को अब दस-एक

साल हो गए होंगे। अब बेटी की शादी का बहाना बनाकर विमल फिर से हाथ फैलाएगी। क्या कहूँ उसे? भानजी को कानों की बालियाँ या फिर और कुछ नहीं तो, नाक की लौंग तो देनी ही पड़ेगी। लेकिन उनके लिए क्या यह काफ़ी होगा? आज सोने की क़ीमतें कहाँ पहुँच गई हैं!

मेज़ पर रखा हुआ मोबाइल बजने लगा। मैंने नहीं उठाया। विमल का ही होगा।

इतने में नली आ गई। "ये क्या रिंग सुनते हुए बैठे हो? संगीत समझा है क्या इसे?"

बताने जा रहा था कि फ़ोन मत उठाओ लेकिन उससे पहले ही नली ने फ़ोन उठा लिया।

"लो। तुम्हारा ही है। कोई बेर्नाद बोल रहा है।"

फ़ोन ले लिया। "क्या हुआ बेर्नाद?"

"मैंने बोला था ना तुम्हें? ये देखो, सवारी आ गई है। लॉन्ग डिस्टैंस। चांस लो। जल्दी आओ।"

"कौन आया है? कहाँ जाना है?"

"चार सवारियाँ आई हैं। बाहर वाले टूरिस्ट। उन्हें बागलकोट जाना है। उनका कोई मर गया है। अभी रात को ही निकलकर सुबह तक वहाँ पहुँचाकर आना है। पाँच हज़ार देने के लिए रेडी हैं। ज़्यादा माँगोगे तो भी शायद एग्री कर सकते हैं। जाओगे ना?"

मैं अनमना महसूस कर रहा था। दो दिनों तक सवारी न मिलने के कारण जी उचट-सा गया था। लेकिन पिछले शुक्रवार को जब शिवा ओझा के पास गया था तब उसने मुझे चेतावनी दी थी। "चार दिनों तक रोज़ का रास्ता छोड़कर दूर मत जाना। गाड़ी के साथ जान को भी ख़तरा है।" लेकिन इस बात को अब चार दिन हो गए थे। दरअसल मेरा इन ओझाओं पर ज़्यादा विश्वास नहीं है। और इन चार दिनों में कुछ भी न होने के कारण ओझागीरी पर से मेरा विश्वास और भी कम हो गया है। लेकिन ओझा के चार दिनों का मतलब गिने हुए चार ही हैं ये कैसे कह सकते हैं? पहाड़ी के उस पार जाना है। रात का सफ़र है। लोग भी अनजाने हैं। उसे याद आया, पिछले दिनों कुछ लोगों ने बोस्त्याव

को मारकर रास्ते पर फेंक दिया था और उसकी गाड़ी लेकर भाग गए थे।

"सॉरी बेर्नाद। आज नहीं हो पाएगा। किसी और को बोल देना।" यह कहकर फ़ोन रख दिया।

मैं ओझा के पास पहुँच जाऊँगा ऐसा मैंने कभी सोचा नहीं था। लेकिन जब से बाबूसो ने कोर्ट में जाने की तैयारियाँ शुरू की थीं तब से मन बड़ा अस्वस्थ हो उठा था। नीलकंठ के सामने जब दिल की बात रखी तब उसने कहा, "शिवा ओझा का टोटका एकदम असरदार होता है। बाबूसो को कौड़ी-कौड़ी के लिए मोहताज किए बग़ैर नहीं छोड़ेगा।" सोचा, देख तो लें!

लम्बी उलझी हुई जटाएँ, सिन्दूर पोता हुआ चौड़ा माथा, गले में मोटी मणियों और रुद्राक्ष की मालाएँ और गोल-गोल घूमनेवाली लाल-भड़कीली आँखें! लेकिन शिवा का यह अवतार देखकर मुझे दिलासा मिला था।

"जहाँ तुम रहते हो वह मकान किसका है?"

"मेरा।"

"बड़े-बुज़ुर्गों का। इसलिए तुम्हारा।"

"हाँ सायबा।"

"घर के पीछे ज़मीन भी है..." बता रहा था या पूछ रहा था, समझ में नहीं आ रहा था।

"हाँ सायबा। बुज़ुर्गों की ही है।"

"भाई हिस्सा माँगने खड़ा हुआ है।"

"चचेरा भाई।"

"हाँ, वही। वह टोटका कर रहा है..."

"हाँ सायबा।"

कहीं नीलकंठ ने इसे सब पहले से ही बताकर तो नहीं रखा है ना?

"मकान की क़ीमत नहीं मिलती है..."

"कुछ ख़ास नहीं सायबा।"

"लेकिन ज़मीन की है..."

"हाँ सायबा।" वह बिल्डर क़ीमत तय कर रहा है इसका भी इसे पता है?

"दूसरा घर वहाँ आना चाहता है..."

"..."

"लेकिन भाई का टोटका आड़े आ रहा है..."

"हाँ सायबा।"

"पहले भाई का बन्दोबस्त करना होगा..."

"हाँ सायबा।"

"मुर्ग़ा लाकर दो।"

"ला देता हूँ सायबा।"

ज़बान पर शब्द आ रहे थे कि 'तुम ही लाओ। पैसे मैं दे दूँगा।' लेकिन भगत को शायद अच्छा न लगे यह सोचकर क़बूल किया था। और जाने से पहले हाथ पर भभूत रखते हुए उसने वह चेतावनी भी दी थी जिसमें कहा गया था—चार दिन कहीं दूर मत जाना, गाड़ी और जान को ख़तरा है।

वापस लौटते समय दिमाग़ में वही बात आ रही थी। 'दूसरा घर वहाँ आना चाहता है।' क्या शिवा को अन्तर्ज्ञान से पता चला? एक साल से 'न्यू होम बिल्डर्स' का नोरोन्हा उसके पीछे लगा था। घर के साथ-साथ पूरी जगह भी चाहता है। कह रहा था कि रहने के लिए दो फ़्लैट और उसके साथ ही पच्चीस लाख देगा। एक फ़्लैट बाबूसो को देने के लिए मैं तैयार हूँ। लेकिन बाबूसो सुनना ही नहीं चाहता है। कहता है कि आधे पैसे उसे मिलने चाहिए। ये कुछ ज़्यादा हो गया। एक फ़्लैट को छोड़ उसे और कुछ भी देने के लिए मैं तैयार नहीं हूँ। बाबूसो का टोटका नए घर के रास्ते में आ रहा है। शिवा ओझा ने ज़बान दी है कि वह उसका बन्दोबस्त कर देगा। अब जल्दी ही उसे मुर्ग़ा पहुँचाना चाहिए।

"बेर्नाद ने क्यों फ़ोन किया था?" चाय का ख़ाली कप उठाने आई नली ने पूछा।

"सवारी लेकर जाने के बारे में पूछ रहा था। मैंने ना कह दिया। वो जाने दो। यह बताओ, बाबूसो ने मुर्ग़ा कहाँ से लाया था पता है?"

"अब मुझे कैसे पता होगा? क्यों?"

"यों ही। लेकिन अगर मुझे एक मुर्ग़ा चाहिए तो कहाँ मिलेगा?"

"मुझसे वह साफ़ नहीं हो पाएगा, आँ! पहले ही कहे देती हूँ। उसकी जगह बाज़ार से एक ब्रॉयलर लेकर आओ—कटा हुआ मिल जाएगा।"

"खाने के लिए नहीं जी! मुझे ज़रूरत है। ज़रा पता करो ना! मारुती को बताकर रखना। जायू के यहाँ से भी मिल सकता है। उस फुलामेन से भी पूछना। उसके दरवाज़े के सामने जब देखो मुर्ग़े घूमते रहते हैं।" नली आगे कुछ पूछने जा रही है यह देखते हुए मैंने उसे रोककर कहा, "अभी और कुछ मत पूछो, और किसी से कुछ कहने भी मत जाना। जो बता रहा हूँ उसे सुनो, समझीं?"

"समझ गई। खाने के लिए बुलाने आई थी तो इतना कुछ सुनना पड़ा।" ग़ुस्से में बड़बड़ाते हुए नली चली गई।

बाक़ी कुछ भी हो, लेकिन नली के हाथ का बना खाना इतना लज़ीज़ होता है कि क्या कहें! बाँगड़ा मच्छी का हुमण, छोटी मच्छी का सूखा सालन और बाँगड़ा फ्राई। पार्टी जैसा मज़ा आया। डकार ले ही रहा था कि पड़ोस में शोर सुनाई दिया।

"देवकी की आवाज़ है ना ये?" नली ने चिन्ताभरे स्वर में पूछा। इतने में माधुरी दौड़ती हुई आ गई। "काका, देखिए ना, डैडी को क्या हो रहा है। ज़रा आइए ना!"

लगा, बीच का दरवाज़ा खोल दूँ। लेकिन दोनों ओर से सिटकनियाँ लगी होने के कारण बाहर से जाना पड़ा। देखा तो बाबूसो की आँखें उलट-सी गई थीं। मैंने सीधे गाड़ी निकाली और डॉक्टर को साथ लेकर ही आया।

"लगता है हार्ट अटैक हुआ है। जितनी जल्दी हो सके इसे अस्पताल ले जाना होगा।"

108 के लिए न रुकते हुए मैंने डॉक्टर की मदद से बाबूसो की मोटी देह को गाड़ी में रख दिया। डॉक्टर ने हिदायत दी थी कि गाड़ी ज़्यादा नहीं हिलनी चाहिए इसलिए धीमी रफ़्तार से गाड़ी चलाते हुए अस्पताल ले आया। साथ में देवकी तो थी ही। बाबूसो को सीधे आई.सी.यू. में ले गए।

"चौबीस घंटे निकलने चाहिए। एक अटैक आकर चला गया है।" डॉक्टर ने बताया।

रात को नली माधुरी को अपने घर ले आई थी जिसके कारण देवकी की

चिन्ता दूर हुई थी। सुबह नली अस्पताल में आ गई। मेरी समझ में कुछ नहीं आ रहा था। जो बाबूसो मुझे फूटी आँख नहीं सुहाता था उसके लिए आज मैं इतना कुछ कर रहा था!

अगले दिन शाम तक बाबूसो की तबीयत सुधरने लगी। डॉक्टर ने कहा, "घरवाले उससे मिल सकते हैं लेकिन उसे ज़्यादा बात नहीं करनी है।" देवकी की जान में जान आ गई। फिर नली माधुरी को लेकर अन्दर गई। बाबूसो ने माधुरी से बात की लेकिन नली की ओर मुड़कर भी नहीं देखा। उससे जाकर मिलने की मेरी बिलकुल इच्छा नहीं थी। लेकिन तीसरे दिन उसके चेहरे पर लगा हुआ ऑक्सीजन मास्क निकलते ही, नाम के लिए ही सही, उसकी ख़बर लेने के लिए मैं भीतर गया। दवा की बोतलें ऊपर लटक रही थीं और हाथ में सुइयाँ चुभी हुई थीं। आँखें बन्द ही थीं। "रहने दो। मत उठाना।" कह ही रहा था कि देवकी ने धीरे से बाबूसो के कान में कहा, "जेठ जी आए हैं।"

बाबूसो ने आँखें खोलकर मुझे देखा और उसकी मुद्रा एकदम उग्र हो गई। मुँह फेरते हुए उसने आँखें बन्द की। देवकी को उसकी यह हरकत अच्छी नहीं लगी। मेरी भी समझ में नहीं आ रहा था कि क्या करें।

"ये क्या कर रहे हो?" देवकी ने उसके कान के पास जाकर धीरे से कहा। इस पर बाबूसो भड़क उठा, "उससे कहो कि यहाँ से चला जाए।"

मैं जाने के लिए मुड़ा।

"मुझे पता है। वह मुझे मरा देखने आया है। लेकिन कह दो उसे, मैं मर भी गया तो उसका पीछा नहीं छोड़ूँगा।"

मैं बाहर आ गया। बाबूसो को मैं कई सालों से जानता था इसलिए उसकी इन बातों से मुझे कोई आश्चर्य नहीं हुआ। लेकिन इस नाजुक हालत में भी उसने...

"बुरा न मानना आँ! आपने इतना कुछ किया—लेकिन ये भी ना...कुछ समझते ही नहीं। बीमार हैं यह समझकर इनकी बातें भूल जाइए।" देवकी बाहर आकर विनम्र स्वर में कहने लगी।

मैं ज़रा ग़ुस्से में ही घर आ गया।

"क्या हुआ?" नली ने पूछा।

"होगा क्या? सच, कभी किसी की मदद के लिए जाना ही नहीं चाहिए।"

शायद घर में माधुरी थी, इसलिए नली ने और कुछ भी नहीं पूछा।

कर भला तो हो बुरा, इस बात का अनुभव मुझे पहले भी कई बार हो चुका था। माधुरी जब पाँचवीं में पहुँची थी तब उसने अपना स्कूल बदल दिया था। नए बड़े स्कूल में भी सालाना परीक्षा में जब वह अव्वल आई थी तब की बात है ये। वैसे मुझे माधुरी से कुछ ज़्यादा ही लगाव था। वह बच्ची भी बड़े लाड़-प्यार से बातें करती। मैंने पाव-भर पेड़े लिये और कपिल को साथ लिये बाबूसो के घर की ओर चला गया। मेरा अन्दाज़ा था कि इस वक़्त बाबूसो घर पर नहीं होगा। लेकिन जाते ही देखा, सामने ही बाबूसो बैठा था।

"क्या काम है?" शंकित नज़रों से बाबूसो ने पूछा।

"माधुरी को पहला स्थान मिला है ना? पेड़े लेकर आया था।" यह कहकर पेड़ों का डिब्बा मैंने माधुरी के हाथ में दे दिया तो बाबूसो ने झट से उसे छीन लिया और खोलकर कपिल के सामने रखते हुए कहा, "पहले तुम लो।"

"उसे रहने दो। पहले माधुरी को दो," मैंने कहा।

बाबूसो मेरी ओर नज़रें जमाकर देखने लगा। फिर ख़ुद ही एक पेड़ा निकालकर कपिल के मुँह में डाल दिया। कपिल के पेड़ा खाने तक उसके चेहरे को देखता हुआ बाबूसो उसी तरह खड़ा रहा। कपिल के पेड़ा खाते ही बाबूसो की रुकी हुई साँस को छूटते हुए मैंने सुना। इतना सब कुछ हो जाने तक मैं यह जान ही नहीं पाया था कि बाबूसो मुझ पर किस हद तक शक कर रहा है। तब से बरसों तक मैंने बाबूसो के घर में पैर तक नहीं रखा था।

तड़के अस्पताल से फ़ोन आया। बाबूसो गुज़र गया था। सोचा था कि कल की घटना के बाद बाबूसो पर मैं अब नज़र भी नहीं डालूँगा। लेकिन नली ने कहा कि 'रीति-रिवाज को पीठ नहीं दिखा सकते।' तब उसका कहना मानते हुए मैं अस्पताल चला गया। देवकी को घर लेकर आया। शव ले आया। अड़ोस-पड़ोस के लोग जमा हुए और फिर अन्तिम यात्रा की तैयारी हो गई। पुरोहित ने आते ही पूछा, "क्रिया-कर्म कौन करनेवाला है?"

सब मेरी तरफ़ देखने लगे।

बीच में उठते हुए देवकी के भाई ने कहा, "क्या मैं कर सकता हूँ?"

"घर का आदमी होते हुए बाहर वाले की क्या ज़रूरत?" पुरोहित ने मेरी तरफ़ देखते हुए कहा। उसके बाद मैंने भी 'ना' नहीं कहा। रीति-रिवाज के नाम पर तो करना ही होगा ना?

घड़ा फोड़ दिया और अचानक मुझे याद आ गया। आज शनिवार था। कल मैं मुर्ग़ा पहुँचा दूँगा ऐसा शिवा ओझा से कहा था। इस गड़बड़ में भूल ही गया। अरेरे...छट्! मैं नहीं पहुँचा इसलिए शिवा ने ख़ुद ही लाकर मुर्ग़े की बलि दे दी क्या? भाई का बन्दोबस्त कर दूँगा ऐसा कहा था उसने। यह उसी का काम है क्या? क्योंकि कल ही डॉक्टर ने कहा था कि बाबूसो की तबीयत सुधरने लगी है और शुक्रवार आते ही बाबूसो ख़त्म हो गया...पूछताछ करनी पड़ेगी।

"तीन दिन तक बाहर नहीं निकल सकते।" नली ने बताया, इसलिए घर पर रुकना ही पड़ा। तीसरे दिन विधि सम्पन्न किए और चौथे ही दिन शिवा के पास चला गया।

"मुर्ग़ा नहीं मिला?" शिवा ने ताना दिया।

"वो बात नहीं है। लेकिन बाबूसो...मेरा चचेरा भाई गुज़र गया। क्रिया-कर्म भी मुझे ही करना पड़ा।"

कुछ क्षण शिवा चुपचाप छत की ओर देखता रहा।

"भाई तुम्हारा...अपनी मौत मरा है।"

"हाँ सायबा।"

"अपने आप?"

"..."

"लेकिन तुम छूटे। है कि नहीं?"

"हाँ सायबा।"

"उसका बन्दोबस्त हो गया। मुर्ग़ा जल्दी पहुँचा देना।"

"हाँ सायबा...लेकिन..."

"लेकिन क्या?"

"बाबूसो ने मरने से पहले कहा था—मरने के बाद भी मेरा पीछा नहीं छोड़ेगा।"

"डरना मत। वह मेरी ज़िम्मेदारी। हवन करना पड़ेगा। उसके लिए एक हज़ार लगेंगे। मान्य है?"

"हाँ सायबा।"

"उसकी आत्मा शान्त होनी चाहिए। बारहवें के दिन कौआ पिंड छूता है कि नहीं यह बता देना।"

"हाँ सायबा।"

घर वापस आ गया। लेकिन मन चिन्ताग्रस्त था। मरने के बाद भी मेरा पीछा नहीं छोड़ने की बाबूसो ने धमकी जो दे रखी थी। दसवें दिन पुरोहित ने सामान की सूची दे दी।

"पुरोहित जी, वह मेरा चचेरा भाई था।" मैंने थोड़े अनमने भाव से लेकिन स्पष्ट ही पूछा—"ये इतना सामान लाना ज़रूरी है क्या? मैं इतना ख़र्चा नहीं उठा सकता हूँ।"

"मृत व्यक्ति की आत्मा को शान्ति दिलाने के लिए ये सब करना ही पड़ेगा।"

"यह सब करने के बाद आत्मा शान्त हो गई इसका पता कैसे चलेगा?" मैंने शंका ज़ाहिर की।

"आत्मा कौए के रूप में आएगी। जब वह कागुल* ले जाएगा तो तुम समझ जाओगे।"

बाबूसो के साले ने बारहवें दिन का संस्कार हरवले तीर्थ पर करने की जब सलाह दी तब मैंने ही कहा, "नहीं, बारहवाँ घर में ही सम्पन्न करते हैं।"

सोचा, बाबूसो की आत्मा इस घर की आस में यहीं आसपास होगी। उसकी आत्मा हरवले का कौआ कैसे हो सकती है? उसकी आत्मा तो यहीं भटक रही होगी! आख़िर उसने कहा ही था—

'मरने के बाद भी पीछा नहीं छोडूँगा...'

और अगर कौए ने कागुल को छुआ ही नहीं तो? नीलकंठ ने कहा, "ऐसा

---

* कौए को दिया जानेवाला भोजन।

कभी भी नहीं होता है। कौआ थोड़ी देरी करता है कागुल ले जाने में, लेकिन फिर प्रार्थना करने, मन्नत माँगने के बाद वह छूता ही है।"

चलो, मान लेते हैं कि कागुल को छू देगा लेकिन उसके बाद भी कैसे पता चलेगा कि उसकी आत्मा शान्त हुई? ओझा ने ज़रूर कहा था कि 'वह उसकी ज़िम्मेदारी है।' लेकिन इस ओझागीरी पर मेरा अन्धा विश्वास नहीं है। अगर...अगर कौए का बन्दोबस्त मैं ही कर दूँ तो?

दीना की फार्मेसी में जाकर रैटोल ख़रीदने से पहले मैंने उसी से पूछा, "क्या ये सिर्फ़ चूहों का ज़हर है? इससे कौए भी मर सकते हैं क्या?"

"चूहे, बिल्ली, कौए...खाएँगे तो सब मर जाएँगे। लेकिन पहले खाना चाहिए उनको!" दीना खिल्ली उड़ाते हुए हँस दिया।

"मज़ाक़ क्यों कर रहे हो उसके साथ? उनके घर कल-परसों ही डेथ हुई है। कौन गुज़र गया रे?" जेब से प्रिस्क्रिप्शन निकालकर दीना को थमाते हुए मोंतेरो ने पूछा।

"मेरा चचेरा भाई।"

"सॉरी। माई सिम्पथीस टु यू।" कहते हुए मोंतेरो ने विश करने के लिए अपना हाथ आगे बढ़ाया। यह देखकर दीना ने भी अपना हाथ आगे किया।

श्राद्ध का भोजन परोसा गया। विधि सम्पन्न होने तक ढाई बज गए। ब्राह्मण राह देख रहे थे। 'कृष्णार्पण' कहा और कौए के लिए भोजन लेकर पीछे की ओर चला गया। उसे छत की मुँडेर पर रखने से पहले मैंने दूसरों की नज़रें बचाकर अपना काम बख़ूबी पूरा कर दिया। नली तक को कुछ पता नहीं चलने दिया।

कौए पास ही थे। लेकिन छू नहीं रहे थे। पक्का उनमें से एक बाबूसो की आत्मा होगी। 'ख़बरदार जो कोई हाथ लगाया तो' बाक़ी कौओं को उसने ऐसी धमकी दी होगी।

"नहीं लिया?" पुरोहित ने पूछा। उसी ने फिर देवकी को छत के पास बुलाया और प्रार्थना की, "बाबा बाबूसो, चिन्ता न करो। ये देखो, तुम्हारी पत्नी देवकी तुम्हें बता रही है। बेटी को किसी बात की कमी नहीं होने देगी। धैर्य से पूरा घर-संसार सँभालेगी। पहले तुम तृप्त हो जाओ।"

देवकी ने धीरे से कहा, "हाँ सायबा।"

और आश्चर्य! हम मुड़ ही रहे थे कि कौए ने झपट्टा मारकर कागुल ली और उड़ गया। देखते-देखते बाक़ी कौए भी दौड़ते हुए आ गए। मेरे दिल को सुकून मिल गया। शान्त मन से मैं भी खाना खाने बैठ गया।

सुबह बड़ा ख़ुश होकर बाज़ार की ओर चला गया। एक देसी मुर्ग़ा लिया। शिवा ओझा को दे आया और बस अभी टैक्सी लेकर स्टैंड पर पहुँचा ही था कि घर से फ़ोन आ गया।

"जल्दी घर आ जाओ।" नली ने कहा।

"क्या हुआ?"

"तुम्हें कुछ लोग ढूँढ़ने आए हैं। तुम आओ और देखो।"

बाहर जीप को देखकर मन में शक पैदा हुआ।

"तुम्हें पुलिस स्टेशन पर आना पड़ेगा। तुम्हारे ख़िलाफ़ शिकायत दर्ज हुई है।"

वहाँ इतना ही जान पाया।

सात कौए और दो कुत्ते मर गए थे—छत पर से जो कागुल नीचे गिरा था उसे खाकर!

पशु-प्रेमी मोंतेरो ने उसकी संस्था की ओर से एफ.आई.आर. दर्ज कराई थी। केले के जिस पत्ते पर कागुल का पिंड रखा था उससे और छत के नीचे से मिली हुई जूठन का सैम्पल पुलिस ने इकट्ठा किया था।

फार्मेसीवाले की भी गवाही ली थी।

"लेकिन...वे तो कौए हैं..."

पर मेरी एक भी बात न सुनते हुए उन्होंने मुझे ज़बरदस्ती जीप में बिठा दिया।

"काँव...काँव..."

मैंने ऊपर देखा। बाबूसो मुझे देखकर कुत्सित हँसी हँस रहा था।

कहानीकार की कहानी

तीन दिनों की साहित्यिक संगोष्ठी के लिए जब दिल्ली पहुँचा तब जनवरी की चुभनेवाली ठंड का सामना हुआ। मुम्बई से शाम की फ़्लाइट लेने के कारण गेस्ट हाउस पहुँचने तक अँधेरा छा चुका था। रिसेप्शन पर चाबी लेते समय रजिस्टर पर नज़र दौड़ाई। जान-पहचान के सात-आठ नाम छोड़कर बाक़ी बचे सब नाम अनजाने थे। अभी भी डेलिगेट्स आने बाक़ी थे।

कॉरिडोर में ही कन्नड़ लेखक के. जालप्पा से मुलाक़ात हुई। "गुड ईवनिंग, सर। आपसे दुबारा मिलकर बड़ा अच्छा लगा।" जालप्पा से हाथ मिलाया। उसके पास ही चूड़ीदार सूट पहने हुए तीस साल के आसपास की एक स्त्री और क़रीब साठ साल का एक मोटा-सा आदमी खड़ा था।

"शी इज अ तमिल राइटर, मिस जयममता...।"

"हैलो! आई एम दामोदर।" यह कहते हुए मैंने अपना हाथ आगे बढ़ा दिया लेकिन तभी मेरे ध्यान में आया कि उसने अपने हाथ जोड़ लिए थे। पलभर के लिए वह भी झेंप गई। लेकिन मेरे हाथ पीछे खींचने से पहले ही उसने अपना हाथ आगे बढ़ा दिया। हाथ का स्पर्श एकदम ठंडा लगा। मुझे लगा कि दिल्ली की सर्दी से ज़्यादा शायद यहाँ के साहित्यिक वातावरण में नर्वस होने की वजह से ऐसा लगा होगा। मैंने प्रश्नार्थक दृष्टि से बग़ल में खड़े लुंगी पहने हुए उस बुज़ुर्ग व्यक्ति की तरफ़ देखा तो उसने कहा, "ही इज माई अंकल, जे. सोमेश्वरम।"

वह घुन्ना-सा खड़ा था। मैंने हाथ आगे बढ़ाया। उसने निर्विकार चेहरे से

उसे अपने हाथ में ले लिया। बिना किसी के बताए ही मैं जान गया कि वह अंग्रेज़ी, हिन्दी नहीं समझता है।

"क्या ये भी लिखते हैं?" मैंने उससे पूछा।

"नहीं, नहीं। ये मेरे गार्जियन के रूप में आए हैं।" मुझे यह अजीब-सा लगा। लेकिन मैंने कुछ नहीं कहा। सबसे पहले मैं फ्रेश होकर कपड़े बदलना चाहता था। बैग उठाकर मैंने कहा, 'फिर मिलते हैं' और अपने कमरे की दिशा में मुड़ गया। कॉरिडोर के दोनों तरफ़ कतार में एक-दूसरे के सामने कमरे थे। मैं कमरा नं. 205 के अन्दर चला गया। पहले हीटर ऑन किया। धीरे-धीरे कमरे में गरमाहट फैलने लगी। हवाई जहाज़ में खाना खा लेने के कारण भूख नहीं थी। घंटे भर पढ़ता रहा और फिर मैं नींद की आग़ोश में चला गया।

मॉर्निंग वॉक, नहाना, तैयार होना वग़ैरह सब होने तक आठ बज चुके थे। अगले सत्र में जो प्रपत्र पढ़ना था उस पर मैंने ज़रा नज़र दौड़ाई। इतने में दरवाज़े पर दस्तक हुई।

"मि. दामोदर!"

"यस!" दरवाज़े पर जालप्पा खड़ा था।

"टाइम फॉर ब्रेकफास्ट। चलते हैं।" मैं तैयार बैठा था। बाहर निकला तो वह तमिल लेखिका और उसके अंकल दिखाई दिए।

"गुड मॉर्निंग, सर।" उसने कहा।

"गुड मॉर्निंग, —अं—अपना नाम क्या बताया था आपने?"

"जयममता..." जालप्पा ने कहा और हँसते हुए आगे बोला, "मतलब जया और ममता दोनों ही!"

"ओह! संगोष्ठी के आयोजकों को टफ टाइम तो नहीं देंगी ना?" मैंने भी मज़ाक़ किया।

"इनको देखकर तो ऐसा नहीं लगता है। नाम को छोड़ दें तो कुछ भी कॉमन नहीं है।" उसे अगर बुरा लगा हो तो बात को हँसी में उड़ाते हुए शायद जालप्पा ने कहा था।

उस पर दृष्टि डालने पर सचमुच उसमें देखने लायक कुछ नज़र नहीं आता था। साधारण रंग-रूप, निस्तेज चेहरा, गालों पर मुँहासे, लम्बी गर्दन,

बालों को घुमाकर बनाया गया जूड़ा। नीले-से चूड़ीदार सूट पर गुलाबी स्वेटर। पूरे पहनावे में रंगों का कोई मेल-जोल ही नज़र नहीं आ रहा था। उसकी चाल-ढाल में स्त्री की शोभा बढ़ाने लायक कोई भी सुन्दरता नहीं थी। कल जब मिली थी तब तो एकदम चुप, बेजान-सी लग रही थी। लेकिन जालप्पा का कमेंट सुनकर ऐसे बोल उठी जैसे अचानक उसे अपना सुर मिल गया हो। "क्यों नहीं है? दे आर पैशनेट अबाउट देअर काइंड ऑफ़ पॉलिटिक्स। आई एम पैशनेट अबाउट माई लिटरेरी लाइफ़।"

"दैट्स ग्रेट!" मैंने थोड़ी प्रशंसा करते हुए कहा।

तीस के आसपास की वह तमिल लेखिका, चालीस पार का जालप्पा, पचास पार कर चुका मैं और साठ का उसका अंकल मानो अलग-अलग चार दशकों के प्रतिनिधि थे जो अब मेस की दिशा में चल पड़े थे। इतने में अचानक अंकल उसके पास आया और जल्दी-जल्दी कुछ कहने लगा। अभी-अभी उस लेखिका ने खुलना शुरू किया था लेकिन अब फिर से मुरझाया चेहरा लिये उसके पीछे चली गई।

"वह उसकी चौकीदारी करने आया है।" जालप्पा ने बताया। इतने में मुझे मेस की तरफ़ जाता हुआ गिरधर रॉय दिखाई पड़ा। जालप्पा से कहा कि मैं ज़रा आगे चलता हूँ और अपने पुराने यार से मिलने के लिए तेज़ डग भरता हुआ मैं आगे बढ़ा। बातें करते-करते जब मेस में पहुँच गए तब देखा कि वह तमिल लेखिका एक मेज़ पर अकेले बैठी हुई नाश्ता कर रही थी।

उसके सामने बैठते हुए मैंने गिरधर से उसका परिचय करा दिया, "शी इज अ तमिल राइटर—जयममता।"

"कॉल मी जयता। सिम्पली जयता।"

"वाह! बड़ा सुन्दर नाम है यह!"

"मेरा पैन नेम है वह।"

इतने में मुझे उसके अंकल की याद आई, "वैसे आपके अंकल कहाँ हैं?"

"वो देखिए। अभी तक भकोस रहे हैं।" मैंने उस तरफ़ देखा तो पाया सचमुच वह जल्दी-जल्दी खाना मुँह में ठूँसे जा रहा था। उसने आगे कहा, "एक बार खाना शुरू होने के बाद फिर सिवाय खाने के उन्हें और कुछ भी

नहीं दिखाई देता है। जब हम यहाँ अन्दर आए थे तो बस वहीं एक ख़ाली जगह बची थी और उसे देख वे सीधे वहाँ जाकर जम गए इसलिए मैं बच गई। अब जब खाना ख़त्म हो जाएगा तब आएँगे महाशय मुझे एस्कॉर्ट करने।"

उसकी बातों में अंकल के प्रति साफ़ नज़र आ रही तिरस्कार की भावना ने हम सुननेवालों को भी असमंजस में डाल दिया। अपने चाचा के बारे में—चाहे वह जैसा भी हो—अजनबियों के सामने इस तरह की बातें करना मुझे बिलकुल पसन्द नहीं आया। इतने में जालप्पा अन्दर आया और ताली बजाते हुए जयता ने उसे पास की सीट पर बैठने के लिए बुला लिया। फिर वह उसके साथ बातें करने में व्यस्त हो गई और मैं अपने हिन्दी लेखक मित्र के साथ।

इंडिया इंटरनेशनल सेंटर में हो रहे सेमिनार में हमें ले जाने के लिए कोच आनेवाला था। सुबह की हल्की धूप से शरीर सेंकते हुए, हम राह देखते-देखते बातें कर रहे थे। इतने में बग़ल के एक ग्रुप में से किसी ने जयता से जो सवाल पूछा था वह मेरे कानों में पड़ गया। "क्या आप पहली बार दिल्ली आई हैं? कैसे लग रहा है यहाँ आपको?"

"मस्त! पिंजरे से आज़ाद हुए पंछी जैसा लग रहा है मुझे! खुले आकाश को तरसनेवाला मन, पंख फैलाकर हवा में उड़ान भरना चाहता है। लेकिन... वो देखिए, मेरे गले में रस्सी डाल उसका एक सिरा अपने हाथों में पकड़कर खड़े मेरे अंकल मुझे उड़ने ही नहीं दे रहे। मेरे पैर ज़मीन पर टिके रहें इसलिए बार-बार इस तरफ़ देखते हुए मुझ पर नज़र रख रहे हैं।"

मैं पास ही था। कुतूहल से मैंने उनकी तरफ़ दृष्टि फेरी। जालप्पा थोड़ा असहज दिखा। बाक़ी सब ठहाका मारकर हँस पड़े थे। लेकिन अंकल—शायद उसको पता भी नहीं चला था कि उस पर कमेंट किया गया है—घुन्ना-सा खड़ा होकर देख रहा था।

कोच आते ही सबसे पहले जयता ऊपर चढ़ गई। बूढ़ा पीछे रह गया। मेरे सामने ही जालप्पा था। सोलह साल की लड़की जिस तरह अपने जवान दोस्त को बुलाती है वैसे ही उसने उसे इशारों से इस तरह पास बुला लिया। मानो कह रही हो, 'यहाँ आओ। मैंने तुम्हारे लिए जगह रखी है!' पूरे रास्ते में वह जालप्पा से बातें करती रही।

आई.आई.सी. पहुँचने पर उतरने के बाद जालप्पा सीधे मेरे पास आ गया। "कब से मैं आपसे बात करना चाहता था। लेकिन ये मेरा पीछा ही नहीं छोड़ रही थी। मेरा एक काम है।" ये कहकर अपने हाथ का एक लिफ़ाफ़ा मेरे हाथ में थमाते हुए बोला, "यह मेरी एक नई कहानी है—अनूदित। मेरे एक दोस्त ने हिन्दी अनुवाद किया है। कहानी और अनुवाद दोनों के बारे में आपकी राय जानना चाहूँगा, कभी भी—जब भी आपको समय मिले—पढ़ लीजिए।"

पिछले दिनों 'लिटिल मैगज़ीन' में उसकी एक कहानी प्रकाशित हुई थी। उसके बारे में मैंने अपनी विस्तृत राय उसे भेजी थी। और उसे वह बहुत अच्छा लगा था। कहानी अपने फोल्डर में रखते हुए मैंने 'हाँ' कहा। इतने में जयता आ गई।

"क्या है ये?"

जालप्पा के माथे पर हल्की सी शिकन आ गई।

"लगता है मुझे बतानेवाली बात नहीं है!" उसके चेहरे पर मायूसी छा गई।

"सब आपको बताना ज़रूरी है क्या? चलिए हम अन्दर चलते हैं। पहले ही देर हो गई है।" कहते हुए जालप्पा उसे लेकर आगे बढ़ गया। पीछे-पीछे अंकल अपनी लुंगी सँभालते हुए निर्विकार चेहरे से चलने लगा।

उद्घाटन समारोह साहित्यिक आयोजन की दृष्टि से बहुत सफल रहा। बीजभाषण थोड़ा लम्बा खिंच गया। लेकिन उकताहट महसूस नहीं हुई। खाने के बाद सेमिनार का आरम्भ हुआ। दूसरे सत्र में मेरा पेपर था। सामने देशभर से आए हुए छोटे-बड़े लेखक-प्रतिनिधि बैठे हुए थे। ग़ौर से देखने पर भी जालप्पा कहीं दिखाई नहीं दिया। शाम को गेस्ट हाउस पहुँचते ही उसकी कहानी पढ़ लेनी चाहिए यह सोचते हुए मैंने मन सेमिनार की तरफ़ केन्द्रित किया।

कहानी अच्छी थी। हिन्दी अनुवाद में कुछ त्रुटियाँ थीं। मूल कन्नड़ कहानी बढ़िया होगी इसमें कोई शक नहीं था। कहानी को पढ़कर नीचे रखा और तभी दरवाज़े पर दस्तक हुई। देखा, बाहर जालप्पा था।

"सॉरी सर, डिस्टर्ब किया?"

"क्या जालप्पा! तुम जानते हो, मुझे यह सर-वर कहलाना पसन्द नहीं है।"

"सॉरी सर, आई मीन—सॉरी! मैं पूछने आया था—खाने पर साथ ही चलते हैं ना? कितने बजे निकलेंगे आप?"

"आठ से साढ़े नौ तक कहा है उन्होंने। मेस तो पास ही है। नौ बजे तक जाने के बारे में सोच रहा था। ठीक है?"

"ठीक है।" और फिर हिचकते हुए कहने लगा, "एक विनती थी—जाने से पहले क्या आप घंटेभर के लिए मेरे कमरे में बैठ सकते हैं?"

"जालप्पा, मैंने अभी-अभी तुम्हारी कहानी पढ़ी। बहुत..."

"सर, आई मीन—दामोदर, हम बाद में आराम से बैठकर बात करें क्या? मैं तब तक नहा-धोकर तैयार हो जाता हूँ।"

"तुम नहाकर यहीं क्यों नहीं आ जाते?"

पलभर के लिए जालप्पा झिझका फिर बोला, "मेरे पास आर.सी. है। सोचा था कि इस ठंड में एक-एक पेग लगा लेंगे और फिर खाना खाने चल देंगे।"

वैसे मैं व्हिस्की का ख़ास शौक़ीन नहीं हूँ। और किसी के बुलाने पर पीने बैठनेवालों में से भी मैं नहीं हूँ। लेकिन जालप्पा को मना करना मेरे लिए थोड़ा मुश्किल हुआ।

"मैं कमरा नं. 208 में हूँ। आठ बजे तक आ जाइए।"

आठ बजे बाहर निकलकर जालप्पा के दरवाज़े पर दस्तक देते ही आगे का दरवाज़ा खुल गया। शायद मेरे कमरे के सामने का कमरा जयता का था। वहाँ खड़ी रहकर वो मुझे देख रही थी। मैंने हाथ उठाते हुए उसे विश किया। इतने में जालप्पा ने दरवाज़ा खोला। ज़रा आगे आते हुए उसने वहीं से पूछा—"अगर कुछ प्राइवेट बातें नहीं हो रही हैं तो क्या मैं आ सकती हूँ?"

'बिलकुल आ सकती हैं।' मेरे यह कहने से पहले ही जालप्पा ने जल्दी-जल्दी कहा, "ना, ना। हमें कुछ प्राइवेट बातें करनी हैं।" और मुझे अन्दर लेते हुए उसने दरवाज़ा बन्द कर दिया।

"तुमने उसे इस तरह मना क्यों किया?" अनजाने में मेरी बातों में उसके प्रति सहानुभूति उतर आई थी।

"नहीं सर। आप कल्पना भी नहीं कर सकते। वह तो एकदम पीछे ही पड़ जाती है। मुझे तो अब उससे डर लगने लगा है। पता है आपको? सेमिनार में मुझे एक शब्द भी ठीक से सुनने नहीं दिया उसने! आपके पेपर के समय तो 'बाहर चलते हैं' कह-कहकर उसने मेरी नाक में दम कर दिया। कहने लगी कि सैंडल टूट गए हैं, नए लेने हैं। रास्ता नहीं जानती है, हिन्दी भी नहीं आती है इसलिए तरस खाकर मैं साथ चला गया। यह मुझे लेकर सीधे करोलबाग़ गई। सैंडल ख़रीदने के बाद जब कहा कि वापस चलते हैं तो 'प्लीज़, प्लीज़' कहते हुए मुझे कपड़ों की दुकान में ले गई। वहाँ क़रीब घंटाभर निकाला। उसके बाद इसे प्यास लग गई। जूस पीने के बाद स्नैक्स भी मँगवा लिये। आख़िर जब वापस पहुँचे तब तक दिन का कार्यक्रम ख़त्म हो गया था। ऊपर से उसका यह अंकल! आई.आई.सी. में हम दोनों को एक साथ आते देखकर आँखें फाड़कर देख रहा था। छी! कितने शर्म की बात!"

"जाने दो जालप्पा! वह बेचारी पहली बार दिल्ली आई है। अगर उसका ज़रा घूमने का मन हुआ तो क्या ग़लत हुआ? उसे समझने की कोशिश करो।"

जालप्पा को जैसे उसके बारे में बात ही नहीं करनी थी। उसने बिना कुछ कहे आर.सी. के दो पेग बनाए और पानी की बोतल उठा ली।

लेकिन कहानी का विषय आते ही उसका चेहरा खिल गया। जालप्पा की कहानी के बहाने कन्नड़ कथा-जगत की नई प्रवृत्तियाँ, साहित्यिक क्षेत्र की गतिविधियाँ, मशहूर साहित्यकारों के बीच की राजनीति आदि से सम्बन्धित बातें करते-करते नौ बज गए। 'अब चलते हैं' कहते हुए मैं खड़ा हुआ, फिर भी 'वन फॉर द रोड' कहकर जालप्पा ने आधा-आधा पेग बना ही डाला।

जब हम मेस में पहुँचे तब तक अधिकतर लोग खाना खाकर उठ गए थे। जयता का अंकल हाथ धोने चला गया था और जयता का खाना भी ख़त्म हो रहा था। जालप्पा ने जानबूझकर ज़रा दूर की ही मेज़ ढूँढ़ निकाली। जयता की नज़र से यह बात नहीं छूट पाई। मुझे लगा कि वह खाना कुछ ज़्यादा ही धीरे-धीरे खा रही थी।

जालप्पा बातें करते-करते खाना खा रहा था। पर मेरा ध्यान बरबस जयता की ओर चला जा रहा था।

खाना ख़त्म करके जयता के जाने तक जालप्पा का खाना जारी रहा। मेस से जानेवाले हम आख़िरी लोग थे। गेस्ट हाउस के कॉरिडोर में पहुँचे तो देखा, जयता खड़ी थी।

"आप ही के लिए रुकी हुई थी। मुझे ज़रा घर एस.टी.डी. कर आना है। क्या आप मुझे कम्पनी दे सकते हैं?" वह हम दोनों को सम्बोधित करते हुए बातें कर रही थी। लेकिन चाहती थी कि जालप्पा उसके साथ जाएँ।

मैं जालप्पा से कहने जा रहा था कि वह उसके साथ चला जाए। तब तक जालप्पा ने ही उससे पूछा, "अगर घर ही फ़ोन लगाना है तो अंकल को साथ लेकर क्यों नहीं जा रही हैं?"

"यू नो, आई हेट हिम। वह सोने गए हैं यह देखकर ही मैं वापस चली आई हूँ। चलिए न मेरे साथ, प्लीज़!"

मुझे उस पर तरस आ गया। "कमऑन जालप्पा! चलते हैं न साथ। पास ही तो है।"

"सॉरी सर। मैं थक गया हूँ। आप चले जाइए। मैं सोने जा रहा हूँ।" और जालप्पा सचमुच चला गया। पलभर के लिए वह जिस तरफ़ गया था उस ओर देखने के बाद वह मेरे पास आ गई। "थैंक्यू सर!"

मेरे 'आता हूँ' कहने से पहले ही उसने मुझे शुक्रिया कह दिया था। "प्लीज़, मुझे सर मत कहिए।" मैंने कहा।

"आप इतने सीनियर लेखक हैं—मैं आपको नाम से कैसे बुला सकती हूँ?"

"उम्र की श्रेष्ठता के बजाय कला की श्रेष्ठता का सम्मान करना चाहिए। मैं उम्र में बड़ा हो सकता हूँ लेकिन तुम्हारी तरह ही एक लेखक हूँ। नाम लेकर बुलाओगी तो मुझे अच्छा लगेगा।"

पब्लिक फ़ोन बूथ की तरफ़ चलकर जाते हुए उसने पहला सवाल किया, "मुझे टालकर आप ऐसी कौन-सी प्राइवेट बातें कर रहे थे?"

"कुछ ख़ास नहीं, उसकी कहानी के बारे में..."

"मुझे पता है। आप मेरे ही बारे में बातें कर रहे थे।" उसने दुखी स्वर में लेकिन दृढ़ता से कहा।

"प्लीज़ तुम्हें यों ही ग़लतफ़हमी हो रही है।" इतने में मुझे अच्छा कारण सूझ गया।

"सच कहूँ, हम लोग ड्रिंक्स लेना चाहते थे। वहाँ भला हम तुम्हें कैसे बुला सकते थे? समझ गईं?"

क्षणभर के लिए वह दुविधा में पड़ गई। विश्वास करें या नहीं?

"आपने ड्रिंक लिया है?"

"हाँ। क्यों विश्वास नहीं हो रहा?"

"आँ करके दिखाइए!" उसने ज़िद की और बच्चों की तरह मुँह खोलकर आँ करते हुए मैंने भी उसे सूँघकर देखने के लिए कहा। वह बग़ल में आ गई और मेरा मुँह सूँघ लिया। उसने जो इत्र लगाया था उसकी तेज़ गंध मेरे नथुनों में भर गई।

"मुझे बिलकुल पसन्द नहीं।" उसने कहा।

"पर तुम्हें कौन लेने के लिए कह रहा है?" मैंने उलटा जवाब दे दिया।

"आइ मीन, मुझे ड्रिंक्स लेनेवाले लोग पसन्द नहीं हैं।" उसकी बेबाकी देखकर मैं थोड़ा सकपका गया। उसकी समझ में भी यह बात आ गई। उसने झट से बात को सँभालते हुए कहा, "मैं आपके बारे में नहीं कह रही थी। आई लाइक यू।"

मैं और भी सकपका गया। "वैसे मैं पीता नहीं हूँ। कभी-कभार किसी को कम्पनी देने के लिए ज़रा गिलास हाथ में ले लेता हूँ, बस।"

अनजाने में मैं सफ़ाई देने लग गया था।

वह हँस पड़ी। "मैंने क्यों कहा, पता है? मेरे पिताजी शराब पीते हैं और फिर अनाप-शनाप कुछ भी बड़बड़ाने लग जाते हैं। मुझे बड़ा ग़ुस्सा आता है...लेकिन ऐसी ठंड में ड्रिंक लेना अच्छा होता है ना?"

कैम्पस के गेट तक पहुँचने पर शुभदा के साथ बातें करते हुए आ रहे बलराज ने मुझे पुकारा, "हैलो दामोदर, नाइट वॉक?"

"यस, आप वापस आ रहे हैं और मैं जा रहा हूँ, बस इतना ही फ़र्क़ है।"

"वेल, अच्छा, करो वॉक—यंग कम्पनी में..." और साठ पार की शुभदा के साथ बलराज आगे बढ़ गया।

"बांग्ला लेखिका के साथ पंजाबी लेखक को ढलती उम्र का अहसास हुआ होगा शायद।" जयता के इस कमेंट को सुन, मुझे हँसी आ गई और उसकी विनोदवृत्ति के प्रति मन में प्रशंसा-भाव भी पैदा हुआ।

चलते-चलते जयता पास आ गई। "ठंड के मारे शरीर को कँपकँपी लग रही है..." एक तो दिल्ली की कड़ाके की ठंड वाली रात। ऊपर से हल्की सी हवा भी बहनी शुरू हुई थी।

"दामोदर, यू माइंड? क्या मैं आपका हाथ पकड़ सकती हूँ?"

और जवाब का इन्तज़ार किए बिना जयता ने मेरा हाथ अपने हाथों में ले लिया। सच उसका हाथ एकदम ठंडा पड़ गया था। मैंने उसका हाथ अपने दोनों हाथों के बीच ले लिया और अच्छी तरह रगड़ डाला। इससे थोड़ी गरमाहट पैदा हुई।

"थैंक्यू, दामोदर। अच्छा लगा।" उसने कहा। लेकिन मेरा हाथ नहीं छोड़ा। एक हाथ में मेरा हाथ लिये वह चलती रही।

"मेरी बेटी तुम्हारी ही उम्र की है।" मैंने ऐसा क्यों कहा यह मेरी ही समझ में नहीं आया। उसने एकदम मेरी नज़रों में नज़रें डाल दी।

"सो वॉट?"

मैं फिर से सकपका गया। इतने में टेलीफ़ोन बूथ आ गया। उसने घर पर फ़ोन लगाया और काफ़ी देर तक बातें करती रही। बढ़ते जा रहे बिल को मैं देख रहा था। जब बिल नब्बे पर पहुँचा तब मैं उसका ध्यान इस ओर खींचने के लिए इशारों से इंडिकेटर दिखाने लगा। लेकिन वह बोलती रही। मैंने भी घर फ़ोन किया और हालचाल जान लिए। मेरा बिल सोलह रुपये का तो उसका बिल एक सौ छब्बीस रुपये का हुआ।

"मैं बिल की परवाह नहीं करती हूँ। मेरे पति के पास पैसा सड़ रहा है।" वापस आते समय वह बताने लगी।

"क्या करता है तुम्हारा पति?" आम तौर पर किसी लेखक की निजी ज़िन्दगी में दख़ल देना मुझे पसन्द नहीं है। लेकिन यहाँ ख़ुद जयता ही अपनी

निजी ज़िन्दगी के पन्ने खोलकर रख रही थी। उसका पति बिल्डर था। ऊपर से उसके ससुर का हार्डवेयर का धन्धा था। बँगला था, कारें थीं, दो बेटियाँ थीं। एक बेटी ऊटी के एक बड़े महँगे बोर्डिंग में पढ़ रही थी तो दूसरी अभी भी मांटेसरी में जा रही थी। सास-ससुर घर पर ही थे। सब लोग कट्टर सनातनी थे। मायके और ससुराल दोनों जगह ज़रा भी साहित्यिक वातावरण नहीं था। बेटी लिखती है, इस बात का माता-पिता के लिए कोई महत्त्व नहीं था और सास-ससुर भी बहू के लेखन की क़द्र नहीं करते थे। जयता का लिखना सास-ससुर को पसन्द नहीं था। लेकिन पति का कहना था, जब तक उसका लेखन घर के काम-काज के आड़े नहीं आता, और जब तक दूसरों को तकलीफ़ नहीं पहुँचती है तब तक उसे लिखने दीजिए। इसलिए सुबह उठने के बाद घर का सारा काम-काज निपटाकर, बच्चों को स्कूल भेजने के बाद, दोपहर का खाना बनाने के बाद, फ़ुरसत के समय में जयता लिखती थी।

"दरअसल मेरा घर...मेरा क़ैदख़ाना है। बस...काग़ज़ और क़लम है... इसीलिए मैं जी रही हूँ।"

"क्या मुझे तुम्हारी कहानियाँ पढ़ने के लिए मिल सकती हैं? साथ लेकर आई हो क्या?" मेरा कौतूहल जागृत हो गया।

"हाँ। लेकिन तमिल भाषा में लिखी कहानियाँ आप कैसे पढ़ पाएँगे? अभी तक उनका हिन्दी या अंग्रेज़ी में अनुवाद नहीं हो पाया है।"

"क्या तुम अपनी कोई कहानी मुझे सुना सकती हो?" मैंने पूछा।

"मेरी अंग्रेज़ी उतनी अच्छी नहीं है। हिन्दी तो बिलकुल नहीं आती है।"

"कोई बात नहीं। जैसे तुमसे हो सके सुना देना।"

"अभी?"

"अभी!"

"कौन सी सुनाऊँ?"

"जो तुम्हें पसन्द हो—कोई भी।"

जयता कहानी सुनाने के लिए तैयार हो गई। गेस्ट हाउस के कॉरिडोर में रखी एक बेंच पर हम बैठ गए। साढ़े दस बज चुके थे। जैसे-तैसे उसने कहानी सुनानी शुरू की।

"मूल कहानी फ़र्स्ट पर्सन में है। वैसे ही सुनाऊँ?"

"सुना दो।"

"जैसे बन पड़ता है वैसे सारांश बता देती हूँ।"

मैं उसकी कहानी सुनने लगा।

"जब मैं बहुत छोटी थी तब पिताजी ने मुझे एक गुड़िया दी थी। मुझे वह बहुत पसन्द थी। मैं हमेशा उसे पास रखकर सोती थी। बढ़ती उम्र के साथ मैं जवान हो गई और मुझ पर बन्धन लगने लगे। एस.एससी. होने के बाद पढ़ना छोड़कर मुझे घर बैठने के लिए कहा गया। मेरे साथ खेलने-बोलने के लिए कोई दोस्त नहीं था। इस कारण मैं अकेले ही रहती थी। एक दिन अचानक मुझे पता चला—वह गुड़िया दरअसल एक लड़का थी। मेरी ही उम्र का। पहले-पहले मैं उससे शरमाने लगी। लेकिन बाद में पास बैठाकर उसके साथ बातें करने में मज़ा आने लगा। रात को भी उसे अपने पास ही सुलाती। उसके साथ मुझे बड़ा सुरक्षित महसूस होता। एक दिन पड़ोस की एक लड़की ने गुड़िया खेलने के लिए माँगी। माँ ने उसे देने के लिए उठाया। मैं आगबबूला हो गई। माँ ने कहा, 'अरे, अब गुड़िया के साथ खेलने की तुम्हारी उम्र नहीं रही। अब दे दो उसे वह खेलने के लिए।' मैंने कहा, 'वह मेरा है। उस पर किसी दूसरे का हक़ नहीं है।' माँ ने आश्चर्य से भौंहें ऊपर कीं। 'वह तुम्हारा है इसका क्या मतलब है? वह तो गुड़िया है!' मुझे लगा जैसे मेरी चोरी पकड़ी गई हो। लेकिन बात को सँभालते हुए मैंने कहा, 'उसे तुम गुड्डा कहो या गुड़िया—मुझे अपनी चीज़ दूसरों के साथ शेयर करना पसन्द नहीं है।' और मैं गुड़िया लेकर अन्दर चली गई। उस रात मैंने महसूस किया कि वह गुड्डा कुछ ज़्यादा ही ख़ुश होकर मेरी बाँहों में समा गया था...मेरी एक मौसी चार कोस दूर एक गाँव में रहती थी। उसके बाल-बच्चे नहीं थे। वह मुझसे बड़ा प्रेम करती थी। मुझे भी वह बहुत अच्छी लगती थी। एक दिन वह हमारे घर आ गई। माँ से कहने लगी, 'इन दिनों मेरी सेहत ठीक नहीं रहती है। अकेलापन सताता है। बेटी का विवाह तय होने तक तुम उसे हमारे घर में रख दो। मुझे बड़ा अच्छा लगेगा।' माँ ने पिता से कहा। वह भी मुझे भेजने के लिए तैयार हो गए। मुझसे किसी ने भी नहीं पूछा। फिर भी मैंने ना कहा। 'कल पति के

घर जाना पड़ेगा। उतनी ही दूर रहने की आदत हो जाएगी।' माँ ने कहा। मौसी के घर रहने मैं जाना नहीं चाहती थी ऐसी बात नहीं थी। लेकिन उस गुड्डे को छोड़कर मैं नहीं जाना चाहती थी। मैंने उसे साथ लेकर जाने के लिए बैग में भी भर दिया। लेकिन माँ ने यह कहकर उसे बाहर निकाल दिया कि 'लोग तुम पर हँसेंगे'। मैंने भी सोचा—मौसी के घर में उसे क़रीब लेकर सोने का मौक़ा कहाँ मिलेगा। मैंने उसे अपनी अलमारी में साड़ियों के बीच में रख दिया और मैं मौसी के घर चली गई। मौसी मुझ पर जान लुटाती थी। जो माँगती वह खाने को देती। साथ ही घुमाने भी ले जाती। मेरा जवान शरीर अब निखरने लगा था। किसी की नज़र न लगे इसलिए मौसी नज़र उतारती थी। मौसी का वह गाँव वाला घर! एक रात मुझे नींद नहीं आ रही थी। गुड्डे की याद सता रही थी। हल्का होने के लिए मैं पिछले दरवाज़े की तरफ़ चली गई। घर के पिछवाड़े जो छोटा बग़ीचा था ग़ुसलख़ाना वहीं था। मैं वहाँ जाकर वापस आ गई। बग़ीचे में शीतल चाँदनी छाई हुई थी। मन्द-मन्द हवा बह रही थी। उस प्रसन्न वातावरण में मैं रम गई। इतने में किसी का हाथ मेरे कन्धे पर आ गिरा। देखा, मौसा खड़ा था। देखते-देखते उसने मुझे बाँहों में ले लिया और कुछ समझ में आने से पहले ही उसने मेरी देह को अपनी हवस का जरिया बना लिया। मेरी इच्छा न होते हुए भी! मैं रो रही हूँ यह देखते हुए भी! और इतने में मौसी वहाँ आ गई। मौसा जल्दी-जल्दी उठकर अन्दर चला गया। मैं वैसी ही रोती रह गई। मौसी ने मुझे उठा लिया। मेरे कपड़े ठीक किए। अन्दर लेकर गई। बाद में मौसा उसे अपनी तरफ़ से सफ़ाई देने लगा कि मैंने ही उसे बाहर बुलाया था। लेकिन मौसी सब समझ गई थी। दूसरे दिन मौसी ने मुझे समझाया। माफ़ी माँगी। कहा कि यह बात बाहर किसी को मत बताना। जल्दी ही मुझे माँ के पास वापस छोड़कर मौसी वापस चली गई। मुझे बड़ा घिनौना लग रहा था। लेकिन क्या करना चाहिए यह समझ में नहीं आ रहा था। मैंने ऐसे बरताव किया जैसे कुछ हुआ ही नहीं। कमरे के अन्दर जाते ही सबसे पहले मैंने अलमारी खोली। देखा, 'वह' नहीं था। मेरे हाथ-पाँव ठंडे पड़ गए। कहीं माँ ने किसी को दे तो नहीं दिया? उससे पूछा तो उसने बताया, 'मैंने उसे अटारी पर रखा है।' मैंने बिना रुके हुए पूरी अटारी छान मारी। मेरी ही एक

पुरानी साड़ी के पल्लू के नीचे गुड्डा मिल गया। उसे लेकर मैं अपने कमरे में आ गई। दरवाज़ा लगाया और देखा, वह गुड़िया अब लड़की हो गई थी! अभी-अभी जवान हुई, जिसकी छाती निकल आई थी। देखकर हँस पड़ी। मुझे बड़ा धक्का लगा। लेकिन बाद में मैंने सोचा, अगर 'वह' यहाँ होता तो मुझ पर जो बीती थी उसे मैं किस मुँह से बता पाती? 'उसके' बजाय 'इसे' बताना आसान है। दिल खोलकर बात कर पाऊँगी। वह मैली हो गई थी। इसलिए मैं उसे लेकर ग़ुसलख़ाने में गई। और—ख़ून दिखाई दिया! उसकी माहवारी शुरू हुई थी। मैंने उसे बाँहों में जकड़ लिया और ज़ोर-ज़ोर से रोने लगी। उसने मेरी आँखें पोंछते हुए कहा—'चुप रहो, पागल, हमें औरत का जन्म मिला है। हमारे नसीब में यही है।'

जयता चुप हो गई। मैं चकित होकर सुन रहा था। ये बेवकूफ़-सी, बेकार बड़बड़ करनेवाली, सतही-सी लगनेवाली औरत और इतनी बढ़िया कहानी? मैं कुछ कहने की स्थिति में नहीं रह गया था!

"पसन्द आई? मैं ठीक से नहीं बता पाई हूँ। मूल तमिल में बहुत अच्छी बनी है।"

"जयता, कहानी बहुत सुन्दर है। मूल कहानी के बढ़िया होने में कोई शंका नहीं है। ग्रेट! हैट्स ऑफ़ टु यू। दरअसल मैं तुम्हारी और भी कहानियाँ सुनना चाहता हूँ। लेकिन अब बहुत रात हो गई है। अब चलते हैं।"

हम जहाँ बैठे थे वहाँ से मैंने देखा, जालप्पा दरवाज़ा खोलकर बाहर आ गया था। हमें बेंच पर बैठे हुए देखा और वापस अन्दर गया और दरवाज़ा बन्द कर लिया। सच, जालप्पा को भी यहाँ होना चाहिए था। कहानी सुनने के बाद जयता के बारे में उसकी राय शायद बदल जाती। कल उससे बात करनी चाहिए यह सोचते हुए मैं उठ गया।

जयता मानो बेमन-सी वहाँ से उठ गई।

"दामोदर, इफ़ यू डोंट माइंड—क्या हम ज़रा वॉक करें?"

"आर यू मैड जयता? देखो, तुम ठंड से काँप रही हो!"

"अगर आप साथ हो, तो ठंड की क्या परवाह!"

लगा कि अब जयता बात को हद से ज़्यादा आगे बढ़ा रही थी। मैंने दृढ़

स्वर में कहा, "सॉरी, बहुत रात हो गई है। तुम चाहो तो सुबह छह बजे मैं मॉर्निंग वॉक के लिए जाऊँगा तब यू कैन ज्वाइन मी।"

"नो सर! आई एम अ लेट राइज़र।" यह कहकर वह अपने कमरे में जाने के लिए मुड़ गई। लेकिन तभी पलभर के लिए रुकी और मेरी तरफ़ हाथ बढ़ाकर कहा, "थैंक्यू दामोदर फॉर युअर अटेंशन! एंड गुड नाइट।"

सुबह मैं मॉर्निंग वॉक करके कमरे में आया ही था कि दरवाज़े पर दस्तक हुई। दोनों हाथों में चाय के कप सँभाले जालप्पा भीतर आ गया। एक कप हाथ में लेते हुए मैंने दिल से कहा, "तुमने चाय लाकर सुबह की शुरुआत बहुत अच्छी की है जालप्पा।"

"थैंक्स।" मन में दबाकर रखी उत्सुकता को तुरन्त होंठों पर लाते हुए उसने पूछा, "कल रात काफ़ी देर तक बातें कर रही थी ना? कैसे लगी?"

"अप्रतिम!" मैंने कहानी के सन्दर्भ में कहा।

"यू मीन आप बोर नहीं हुए?"

"नॉट एट ऑल। जालप्पा, क्या तुमने उसकी कोई कहानी पढ़ी है?"

"नहीं।"

"यू शुड जज अ राइटर बाइ हिज राइटिंग्स। नॉट बाइ हिज ऑर हर बिहेवियर।"

"लेकिन सर, आपको पता है? साइकियाट्रिक केस है यह। दवा ले रही है इसलिए ठीक है। मुझे तो बहुत डर लगता है उससे...बैठे-बैठे स्कैंडलाइज़्ड हो जाऊँगा इसलिए..."

"तुम्हें किसने बताया कि वह साइकिक है?" मैंने पूछा।

"उसी ने बताया।"

"तो फिर उसके खुले स्वभाव की तारीफ़ करने की बजाय उसे बुरा-भला कहना ठीक नहीं है। वह साइकिक है इसका अन्दाज़ा उसे है, यह बहुत बड़ी बात है।"

जालप्पा को मेरी बात सही नहीं लगी। 'वह दूसरों को पागल कर देगी' ऐसा बड़बड़ाते हुए जालप्पा चला गया। कहीं उसने जालप्पा के साथ कोई

ऐसी-वैसी हरकत तो नहीं की? ऐसा विचार मेरे मन में आए बिना नहीं रहा।

गुड मॉर्निंग की सलामियाँ लेते-देते हुए मैं नाश्ता लेने मेस में पहुँचा तब जयता और उसका अंकल दोनों एक-दूसरे के सामने बैठे हुए गम्भीरता से कुछ बोल रहे थे। बग़ल वाली ख़ाली मेज़ के पास बैठकर मैंने ब्रेड पर जैसे ही बटर लगाना शुरू किया कि जालप्पा आ गया।

"गुड मॉर्निंग सर, आई मीन दामोदर—मुझे लगा था कि आज जयता आपका पीछा नहीं छोड़ेगी।"

"क्यों? मैं तुम्हारी तरह जवान थोड़े हूँ!" ब्रेड का एक टुकड़ा तोड़ते हुए मैंने कहा।

"वह? उसे कोई भी चलता है।" जालप्पा बोलकर चला गया। लेकिन फिर उसे ही अहसास हुआ—"आई एम सॉरी सर। आपको 'कोई भी' कहने का मेरा इरादा नहीं था। आई मीन—शी इज सच अ बोर! उसे कोई भी पास फटकने नहीं देता है। आते ही उसने उस शर्मा के गले पड़ने की कोशिश की थी। फिर मुझे आज़माने की कोशिश की। अब..."

"अब वह मेरे नज़दीक आ रही है, यही ना?"

"मैं ऐसा नहीं कह रहा हूँ। लेकिन वह..."

"देखो जालप्पा, दूसरों के बारे में इस तरह जजमेंट देना मुझे पसन्द नहीं है। एक लेखिका के रूप में मैं उसका सम्मान करता हूँ।"

"ज़रूर सर। लेकिन जब वह बिना पूछे अपनी निजी ज़िन्दगी के बारे में बताना शुरू कर देती है तब कोई क्या करे? डार्लिंग की तरह गले पड़ जाती है तब क्या करें?"

"जो सुनना ही नहीं चाहेगा उसे वह क्या बता पाएगी? एक-दो बार कोशिश करेगी फिर छोड़ देगी...मेरे बारे में अगर पूछ रहे हो तो—मैं सुन लूँगा, समझ लूँगा...क्या पता, इस दौरान अपनी नई कहानी के लिए मुझे कोई पात्र मिल जाए!"

सेमिनार में जाने के लिए मैं कोच में जाकर बैठ गया। जयता बस में चढ़ी और

'गुड मॉर्निंग, दामोदर' कहते हुए मेरे ही पास आकर बैठ गई। पीछे अंकल भी चढ़ गया था, वह आख़िरी सीट पर जाकर अकेले ही बैठ गया। जालप्पा चढ़ा और हमें साथ में बैठे देखकर इस भाव के साथ हँसा, 'देखा? मुझे पता था!'

"क्या जालप्पा मुझसे नाराज़ है?"

"यह मुझसे क्यों पूछ रही हो? उसी से पूछो।" मैंने कहा।

"आज मैं बहुत हल्का महसूस कर रही हूँ। लगता है जैसे बोझ निकल गया है। जानते हैं क्यों?"

"क्यों?"

"आई हैव स्ट्रक अ डील विद माई अंकल। आगे से वे मेरी निगरानी नहीं करेंगे।"

"क्यों?" हालाँकि इस विषय में मेरी कोई रुचि नहीं थी फिर भी उसका मन रखने के लिए मैंने पूछ लिया।

"ये मेरा अंकल है ना, एक नम्बर का लालची है। मेरे पति के चाचा हैं वे। बुरी आदतों के कारण अपनी सारी जायदाद गँवा चुके हैं। अब मेरे ससुर और पति के टुकड़ों पर पल रहा है वह आदमी। उसे मेरी निगरानी करने के लिए भेजा गया है। जानते हैं? मैं पहली बार घर से बाहर निकली हूँ। इससे पहले मुझे राज्य-स्तरीय पुरस्कार मिला था तब भी उन्होंने मुझे नहीं भेजा था। इस संगोष्ठी की महत्ता समझाने के बाद 'सिर्फ़ इस बार! दोबारा कहीं नहीं भेजेंगे।' यह अच्छी तरह बताकर यहाँ भेजा है। वह भी इस बुड्ढे के साथ। ख़र्चे के लिए उसे बीस हज़ार दिए हैं।"

"और तुम्हें नहीं दिए?" बीच में ही मैंने पूछा।

"दिए हैं। पति ने बीस हज़ार दिए हैं। जो मन करे वह लेने के लिए कहा है। ससुर ने उसको जो पैसे दिए हैं उसे उनका हिसाब देना होगा। यहाँ हमें रहने के पैसे नहीं देने हैं। तो उसने मुझसे कहा कि अगर मैं घर पर यह बताऊँ कि हमें प्रतिदिन, एक रूम का एक हज़ार के हिसाब से दो कमरों का भाड़ा देना पड़ा तो वह मुझे घूमने की आज़ादी दे देगा। मैंने डील मान लिया। इसीलिए साहब चुपचाप पीछे जाकर बैठ गए हैं।"

सेमिनार के दौरान जयता कान के पास आकर बेमतलब की बातें करती जा रही थी। लोगों को भी डिस्टर्ब कर रही थी और मुझे भी। मैंने प्यास लगने का बहाना बनाया। जाकर पानी पी आया और आगे की कुर्सी पर बैठ गया।

जब खाने का समय आया तब जयता बड़ी उत्तेजित-सी होकर मेरे पास आई और बोली—

"दामोदर ज़रा मेरे साथ आओ ना!"

"कहाँ?"

"करोल बाग़। कल मैंने जो सैंडल लिए थे वे पैरों को काट रहे हैं। उसने कहा है कि बदल देगा। प्लीज़, जाकर आते हैं न?" मेरे कोट की स्लीव को पकड़कर खींचते हुए जयता ने विनती की।

मैंने उसका हाथ हटा दिया और कठोरता से कहा, "देखो जयता, मैं सेमिनार अटेंड करने आया हूँ। सेमिनार को छोड़कर बाहर घूमने के मैं ख़िलाफ़ हूँ। तुम्हें चाहिए तो तुम जा सकती हो।"

इतना सा मुँह बनाकर जयता चली गई।

उस दिन का आख़िरी सत्र ख़त्म करके हम बाहर आ रहे थे। इतने में जयता ऑटो से नीचे उतर गई। मित्रा का पेपर कितना बढ़िया था इस पर बलराज उत्तेजित होकर बात कर रहा था। तो दूसरी ओर सुश्रुति इस बारे में अपनी राय प्रकट कर रही थी कि पेपर और भी बेहतर कैसे हो सकता था।

"हैलो दामोदर, मैं अकेले ही होकर आई।" जयता ने ऐसे बताया मानो उसने बहुत बड़ा तीर मारा हो। उसका इस तरह बीच में ही बोलना मुझे अच्छा नहीं लगा। औरों को भी यह हरकत पसन्द नहीं आई। अब तक जयता हँसी-मज़ाक़ का विषय बन गई थी।

"क्या लाई हो?" मित्रा ने पूछा।

"सैंडल्स। छह सौ पचास कह रहा था। मैंने पाँच सौ में राज़ी करवाकर दो पेयर्स ख़रीद लिए।" यह कहकर जयता ने सैंडल्स दिखा दिए। ज़रा और मोल-भाव करने के बाद ये सैंडल्स डेढ़ सौ तक में मिल जाते हैं यह बात सब जानते थे। पर किसी ने कुछ नहीं कहा।

"आपको अच्छे नहीं लगे?" जयता ने पूछा।

"पहननेवाली तुम हो। तुम्हें पसन्द आने चाहिए।" मैंने कामचलाऊ जवाब दे दिया।

कोच में चढ़ते ही विक्रम के पास ख़ाली जगह देखकर मैं उसके पास जाकर बैठ गया। ऐसी संगोष्ठियों में ज़्यादा से ज़्यादा लेखकों के बीच समय बिताना मुझे अच्छा लगता है। दो-तीन लोगों का गुट बनाकर घूमनेवाले थोड़े लोगों में से मैं नहीं हूँ। विक्रम के साथ बातें चल रही थीं तब जयता कोच में चढ़ गई। मुझे विक्रम के साथ बैठा हुआ देखकर मुँह बिगाड़ते हुए पीछे जाकर बैठ गई। यह देखकर उसे बुरा लगा कि शायद मैं उसे टाल रहा हूँ। लेकिन उसकी एक बात अच्छी थी। वह बहुत जल्दी भूल जाती थी। नीचे उतरते समय जल्दी-जल्दी मेरे पास आ गई।

"दामोदर, क्या आपके पास पानी है?"

"नहीं। अगर प्यास लगी थी तो कॉन्फ्रेंस हॉल में ही लेना चाहिए था ना?"

"याद ही नहीं रहा। आज मैं गोली लेना भूल गई। क्या आप ज़रा मेरे साथ आ सकते हैं? मेस में जाकर ले लेते हैं।"

"चलो, चलते हैं। आज तुम्हारा अंकल कहाँ चला गया? सुबह के बाद दिखाई नहीं दिया?"

"क्या पता! उसके पैसों का इन्तज़ाम हो गया है ना अब, जाकर सो गया होगा कमरे में।" और झट से विषय बदलते हुए जयता उत्तेजित स्वर में कहने लगी, "मैं अकेले करोल बाग़ घूम आई हूँ, आपने इस बारे में कुछ भी नहीं पूछा।"

"सॉरी। लेकिन अकेले कैसे गईं?"

"ऑटो से।"

"अकेले? एक तो तुम्हें हिन्दी नहीं आती है। ऊपर से अकेली, फिर अजनबी रिक्शे में जाने का रिस्क क्यों लिया?" मैंने चिन्ता जताई।

"आपने चलने से मना क्यों किया?" उसने मुँह फुलाया। लेकिन दूसरे ही पल फिर से उत्तेजित होकर कहने लगी—"लेकिन वह ड्राइवर एकदम भला आदमी निकला आँ! जो मैं कहती वह कर देता था। वही गया था मेरे साथ सैंडल्स बदलने के लिए। उसको साथ लेकर ही मैंने परफ़्यूम और दो

ब्रा ख़रीदी। मुझे हिन्दी नहीं आती है। लेकिन उसके साथ होने की वजह से काम आसान हो गया।"

मैं सुनता रह गया। जालप्पा को लेकर भी वह ब्रा ख़रीदने गई होगी। शायद इसीलिए वह इतना नाराज़ था।

"तीन-साढ़े तीन घंटे हम लोग घूमते रहे। जानते हो उसने कितने पैसे माँगे?"

"कितने?"

"साठ माँग रहा था। मैंने उसे डेढ़ सौ दे दिए। सच, बड़ा अच्छा था! कोई एडवांटेज नहीं ली उसने।"

"और अगर ली होती तो?" मैंने ज़रा ग़ुस्सा होते हुए पूछा।

"पता नहीं! आपने चलने से मना किया इसीलिए मुझे अकेले जाना पड़ा।"

मेस में जाकर उसने पानी माँगा। पर्स से एक गोली निकालकर ले ली। वापस आते समय उसी ने पूछा, "पता है कैसी गोली थी?"

"मुझे कैसे पता होगा?" मैंने उलटा उसी से पूछा।

"आपको कुछ पूछने की आदत ही नहीं है। जब कोई—ख़ासकर जब दोस्त लोग—कन्सर्न दिखाते हैं, तब बड़ा अच्छा लगता है मुझे।"

"ठीक है, पूछ लेता हूँ, कैसी गोली है?"

"साइकियाट्रिक ट्रीटमेंट...," यह कहते हुए वह चुप हो गई।

शायद मुझसे प्रश्न की अपेक्षा कर रही थी।

"दो साल पहले मेरी छोटी बहन गुज़र गई। बहुत प्यार करती थी मैं उसे। बड़ी प्यारी थी।"

"क्या हुआ था उसे?"

"निमोनिया। आठ दिन के भीतर ही चली गई। मुझे ज़बरदस्त शॉक लगा। बहुत डिप्रेशन हुआ। अस्पताल में ले जाना पड़ा मुझे...अभी भी दवा ले रही हूँ।"

"माई सिंपथीस टु यू, जयता। लेकिन किसी बात को इस तरह दिल पे नहीं लेना चाहिए। दुनिया में कितने सारे दुःख उठाने पड़ते हैं। इस तरह हिम्मत हार नहीं सकते। तुम्हारी बहन तो वापस नहीं आ सकती! माँ-बाप की ओर

देखते हुए तुम्हें सहन करना चाहिए।" मैंने अपनी तरह से उसे समझाने का प्रयास किया।

"माँ-बाप को देखकर ही तो मैं बौखला गई थी। हमारे यहाँ मृत्यु के एक महीने बाद कुछ विधियाँ सम्पन्न की जाती हैं। रिश्तेदारों, आसपास वालों को बुलाते हैं। पूजा-अर्चना होती है। पकवान परोसे जाते हैं। उसी दिन मुझे दौरा पड़ा था। माँ खाना बनाने में व्यस्त थी। शोक मनाने के लिए किसी के पास समय नहीं था। और अप्पा? अप्पा अपने कमरे में बैठकर अपने पके बालों में डाई लगा रहे थे। मैंने कहा, "अप्पा कम-से-कम आज श्राद्ध के समय तो इस तरह का साज-शृंगार छोड़ दीजिए।" इस पर वह कहने लगे—"इतने सारे रिश्तेदार आनेवाले हैं। क्या उनके सामने बूढ़े की तरह जाऊँ? तुम भी जाओ और अच्छे-अच्छे कपड़े पहनो।" मैं बिलकुल बरदाश्त नहीं कर पाई। रिश्तेदार आनेवाले हैं इस ख़याल से ख़ुश अप्पा गाना गुनगुना रहे थे। मैं किचन में चली गई और छुरा लेकर आई। घरवालों ने पकड़ लिया इसलिए छूट गए अप्पा। नहीं तो..."

जयता की साँसें तेज़ हो गई थीं। अनजाने में मैंने उसका हाथ पकड़ लिया। "कम डाउन, जयता। क्या करें, अब होते हैं ऐसे लोग दुनिया में! इस तरह के लोग हमें मिलते हैं इसीलिए तो हम लेखक बन पाते हैं। है ना?"

"यू नो दामोदर, मैंने इसी विषय पर कहानी लिखी। एकदम जैसा हुआ वैसा ही लिखा। और कहानी बहुत मशहूर हो गई। सम्पादक ने ख़ास पत्र लिखकर प्रशंसा की थी।"

"और पिताजी ने उसे पढ़कर कुछ नहीं कहा?"

"मेरा लिखा हुआ घर में कोई नहीं पढ़ता है। सिर्फ़ मेरी बहन पढ़ा करती थी। वही चली गई। अब मेरा कोई दोस्त नहीं रहा।" मैंने महसूस किया, उसकी आवाज़ काँप रही थी।

"जयता, तुम्हारा पति तुम्हारा दोस्त ही तो है।"

"नहीं, वह मेरा दोस्त नहीं है। वह सिर्फ़ पति है।" एकदम उसकी आवाज़ सख़्त हो गई। "हाँ! मेरे पास सब कुछ है। घर है। पति है। बच्चे हैं। बहुत सारे पैसे हैं। जो चाहिए उसे ले सकती हूँ। लेकिन—लेकिन मेरा कोई दोस्त नहीं है।"

मेरा मन जयता के प्रति अनुकम्पा से भर उठा। कल मैंने उसका जो लेखिका का रूप देखा था वह मुझे बहुत पसन्द आया था। अभी तक मैं उस कहानी के प्रभाव से मुक्त नहीं हो पाया था और आज उसके व्यक्तित्व का यह दूसरा पहलू देखकर मैं अचम्भित था। चकरा गया था। क्या कहें इसे? बेवक़ूफ़? सतही? सर्जक? भावुक? मनोरुग्ण?

हम गेस्ट हाउस के पास पहुँच गए। उसका अंकल अपने कमरे के दरवाज़े के पास खड़ा होकर हमें ही देख रहा था। लेकिन उसने उसकी तरफ़ मुड़कर भी नहीं देखा। मैंने उससे विदा ली। लेकिन वह वहीं खड़ी रही। "दामोदर!" उसकी आवाज़ भारी हो गई थी। "क्या मैं आपको दोस्त मान सकती हूँ?"

उसकी आँखों में अपेक्षा की भावना को मैं महसूस कर रहा था।

"ऑफ़ कोर्स! ज़रूर मानो। बाऽय!" और मैं मुड़ गया। इसके बावजूद उसने जैसे पूरी दुनिया को सम्बोधित करते हुए कह रही हो, इस अन्दाज़ में ज़ोर से कहा, "आई एम सो हैप्पी टुडे! थैंक्यू सो मच!"

मैंने यों ही नर्वस होकर इधर-उधर नज़र डाली। उसका घुन्ना-सा खड़ा अंकल छोड़कर बाहर और कोई नहीं था। मैंने अपने कमरे का लॉक निकाला और अन्दर जाकर दरवाज़ा बन्द कर लिया।

कल सेमिनार का अन्तिम दिन था। मैं सुबह वाले चर्चा-सत्र के पैनल पर था। कल के विषय से सम्बन्धित कुछ तैयारी की। थोड़े नोट्स बनाए और ठीक पौने नौ बजे खाना खाने के लिए उठ गया। दरवाज़ा खोलकर सामने देखा तो जयता अपने कमरे का दरवाज़ा खुला छोड़कर कुर्सी दरवाज़े पर रखकर बैठी हुई थी। मुझे देखते ही तपाक् से उठ गई। कुर्सी अन्दर धकेल दी और दरवाज़ा लॉक करके मेरे साथ चल पड़ी।

"क्यों, अंकल कहाँ गया?"

"वह आया था मुझे बुलाने। तभी विक्रम जा रहे थे। मैंने कहा उनके साथ चले जाइए। मैंने कहा कि मैं आपके साथ आऊँगी।" कॉरिडोर ख़त्म हो गया था। वह वहीं खड़ी रही। मुँह फुलाए कहने लगी, "आप एकदम अरसिक हैं! मैं कैसे दिख रही हूँ, बताइए ना!"

ज़रा पीछे हटते हुए देखा तो जयता ने टाइट लम्बी पैंट पहनी हुई थी। ऊपर बिना आस्तीन का टॉप डाला था। वह भी इतना लो कट था कि छातियों के बीच की दरार नीचे तक दिखाई दे रही थी। देखने में उसका रंग-रूप भी बहुत ही सामान्य था। गाल पिचके हुए और मुँहासों से भरे। गर्दन के नीचे की हड्डियाँ ऊपर उठी हुई थीं। क़द-काठी भी बस ठीक थी। ऊपर से ये कपड़े पहनकर मुझे तो वह और भी भद्दी दिख रही थी।

"कैसी दिखती हूँ?" पूछते हुए वह ख़ुद पर ही निहाल हो गई थी।

"सच कहूँ?" मेरी आवाज़ का रूखापन शायद उस तक पहुँच गया था। मुरझाए हुए चेहरे से उसने कहा, "सच ही बताइए।"

"मुझे मेरी बेटी का इस तरह के कपड़े पहनना अच्छा नहीं लगता।"

"और पत्नी का?"

"मेरी पत्नी पहनेगी ही नहीं।"

"बहुत से लोगों को अपनी पत्नी का इस तरह के कपड़े पहनना पसन्द नहीं होता। लेकिन दूसरे की पत्नी पहने तो कोई दिक़्क़त नहीं होती। उलटे... बड़ा मज़ा आता है।"

"देखो जयता, मुझे बहस नहीं करनी है। बाहर ठंड है। इन कपड़ों में तुम उसे बरदाश्त नहीं कर पाओगी।" जवाब में, 'आपका साथ हो तो...' जैसा कुछ वह कहेगी इसे ताड़ते हुए मैंने झट से आगे कहा, "और तुम्हें अगर मेरे साथ चलना है तो जल्दी से वापस जाओ और ऊपर फुल स्वेटर पहनकर आ जाओ। साथ में शॉल भी लेकर आना।"

जयता चुपचाप चली गई और स्वेटर और शॉल लेकर वापस आ गई। साथ चलते हुए अचानक पास आ गई।

"सच कहूँ दामोदर, आपने मुझ पर अधिकार जताया यह देखकर मुझे बड़ा अच्छा लगा।"

मन ही मन मैंने अपना सिर पीट लिया।

मेस के पास जब पहुँचे तब डकार लेते हुए बाहर आ रहा अंकल दिखाई पड़ा। जयता को देखते ही रुक गया।

"तुम खाना खाकर आ जाओ। तब तक मैं यहीं रुकता हूँ।"

"नहीं-नहीं, आप जाइए। मुझे बाद में फ़ोन भी करना है। ये रहेंगे मेरे साथ।"

तमिल में जो बातें हुईं उन्हें तो मैं नहीं समझ सका लेकिन उनकी बॉडी लैंग्वेज देखकर लगा कि उनके बीच इसी अर्थ वाली बातचीत हुई होगी। आगे की बातें मेरी समझ के परे थीं। जिस तरह एक पटाखा फूट जाने के बाद सब शान्त हो जाता है वैसे ही उनकी 'क्विक फायर' बातचीत ख़त्म हो गई। अंकल हिलते-डोलते चला गया और हम मेस के अन्दर चले गए।

जयता को लेकर मैं वहीं जाकर बैठ गया जहाँ जालप्पा बैठा था। लेकिन केवल सिर हिलाकर अभिवादन करने को छोड़कर बाक़ी उसने उसके साथ कोई बात नहीं की।

"आपका पैनल डिस्कशन सुनने के लिए रुका हूँ मैं। लेकिन साढ़े बारह की फ़्लाइट भी पकड़नी है। इसलिए पूरा सुनने को मिलेगा ही इसकी गारंटी नहीं है।"

"गोवा आने पर मिल लेना।" मैंने कहा।

"ज़रूर। लेकिन उससे पहले बंगलुरु में मेरा नया कहानी-संग्रह प्रकाशित होने जा रहा है। आपको निमंत्रण मिलेगा ही। आप आएँगे तो मुझे बड़ी ख़ुशी होगी।"

"सम्भव हुआ तो ज़रूर आऊँगा।" मैंने कहा।

"मुझे नहीं बुलाओगे क्या?" जयता ने मुँह खोल ही दिया।

पलभर के लिए झिझकते हुए जालप्पा ने कहा, "अगर बुलाया तो क्या आप आएँगी? घरवाले आपको कहीं नहीं भेजते हैं, ऐसा आप ही कह रही थीं ना?"

"वह भी सच है।" कहकर मुरझाया चेहरा लिये जयता खाना खाने लगी।

जालप्पा जल्दी ही खाना खाकर उठ गया। जाते हुए कह गया, "सुबह मिलते हैं।"

"पता नहीं ठीक से खाना खाया भी है या नहीं!" मेरे मन में आया था लेकिन बोली जयता। और फिर मुझे देखकर ठहाका मारकर हँस पड़ी।

खाने के बाद हम बाहर आ गए। ठंड और हवा कँपकँपी ला रही थी।

जयता के तो दाँत तक बजने लगे थे। मैंने कहा, "चलो, जल्दी से रूम में जाकर हीटर के पास बैठना चाहता हूँ।"

जयता ने मुँह बिगाड़ते हुए कहा, "फ़ोन करके आते हैं ना?"

ऐसी कड़ाके की ठंड में सच कहें तो कमरे का दरवाज़ा खोलकर बैठने का भी मन नहीं होता था। सड़क पर चलना तो एक तरह की यातना ही थी। लेकिन जयता का मन दुखाना अच्छा नहीं लगा। दूसरी बात यह भी थी कि उसके कथा-जगत के बारे में और जानने की उत्सुकता पैदा हो गई थी। हम टेलीफ़ोन बूथ की दिशा में चलने लगे।

"मेरी कल वाली कहानी क्या आपको गन्दी लगी?"

"बिलकुल नहीं। मुझे बहुत अच्छी लगी।"

"यह कहानी पढ़कर बहुत से लोगों ने मुझसे प्रश्न पूछा था कि तुम्हें यह कैसे सूझी? मैंने सच किसी से भी नहीं कहा। लेकिन..."

"लेकिन क्या?"

"मुझे लगा था, आप मुझसे पूछेंगे—तुम्हारे जीवन में ऐसा कुछ घटा था क्या?"

"ठीक है! अब पूछ रहा हूँ—बताओ।"

"हाँ, मेरी भी एक गुड़िया थी...मेरी ही कहानी है ये।" और उसने बेमतलब मेरा हाथ कसकर पकड़ लिया।

"आज तक कितनी कहानियाँ लिखी हैं तुमने?" मैंने पूछा।

"बहुत! यू नो, स्त्री-पुरुष सम्बन्ध मुझे बहुत आकर्षित करते हैं। फिर मैं जो भी मन में आता है उसे लिख देती हूँ। थोड़े लोग प्रशंसा करते हैं। लेकिन अधिकतर के अनुसार, मैं मर्यादा छोड़कर लिखती हूँ। कहते हैं, औरतों को सेक्स पर लिखते समय मर्यादा का पालन करना चाहिए। क्या आप भी यही सोचते हैं दामोदर?"

"बिलकुल नहीं। लेखक—वह पुरुष हो या स्त्री—जो लिखता है वह कलात्मक होना चाहिए, बस! विषय फिर हिंसाचार का हो या मुक्ताचार का। इरॉटिक सिर्फ़ पुरुषों को ही लिखना चाहिए यह कहाँ का न्याय है?"

"थैंक्यू!" कहते हुए हाथ छोड़कर उसने मेरी कोहनी कसकर पकड़ ली।

"जानते हो दामोदर, मेरे दिमाग़ में एक उपन्यास का कथानक घूम रहा है। यौन हिंसा पर। लेकिन मुझे डर लगता है। यह पुरुष-प्रधान समाज मुझे फाड़कर खा जाएगा। लेकिन—आपकी बातों से मुझे धीरज मिला। मैं लिखूँ ना?"

"बिलकुल लिखो। तुम्हें अगर प्रेरणा मिली है तो तुम्हें कोई भी रोक नहीं सकता है।"

बोलते-बोलते जयता काँपने लगी। दाँत पर दाँत बजने लगे। अचानक वह रुक गई। मुझे खींचा और दोनों हाथों से मुझे कसकर पकड़ लिया।

"बरदाश्त नहीं हो रही है अब यह ठंड। ज़ोर से पकड़िए मुझे।" बजते हुए दाँतों के बीच से जयता बोल उठी।

पलभर के लिए मैं एकदम स्तब्ध हो गया। कोई देख तो नहीं रहा है ना, यह जानने के लिए नज़र घुमाई। फिर मुझे अपने पर ही लज्जा आ गई। ठंड में काँप रही यह जान गरमाहट की ख़ातिर मेरे पास आई है और मैं यह क्या सोच रहा हूँ? मैंने जयता के दोनों हाथों को छुड़ाकर अपने हाथों में ले लिया। उन पर अपने हाथ फेरे, रगड़े और उसके कन्धों पर हाथ रख उसे क़रीब लाते हुए कहा, "अब फ़ोन-वोन रहने दो। जल्दी-जल्दी चलो। अन्दर पहुँचने पर अच्छा लगेगा।"

आज्ञाकारी बच्चे की तरह जयता चलने लगी। बीच-बीच में ठंड के कारण वह थरथरा उठती थी। मैंने चाल तेज़ की। गेस्ट हाउस में पहुँचने तक हमने बात नहीं की। उसके दरवाज़े के पास पहुँचते ही मैंने कहा, "अब कमरे में जाओ और हीटर के पास बैठो।"

"आप साथ आइए ना, मुझे अकेले नहीं रहना है।" जयता एकदम याचनाभरे स्वर में कहने लगी।

"जयता, डोंट बी सिली। तुम जानती हो, मेरा तुम्हारे कमरे में आना और वह भी इस समय, सही नहीं होगा।"

"तो फिर मैं आपके कमरे में आ जाती हूँ। प्लीज़, मुझे अकेला मत छोड़ना!"

"ठीक है। मैं तुम्हारे अंकल को उठाता हूँ। वह तुम्हें साथ दे देंगे।"

"नहीं-नहीं, उससे अच्छा है कि मैं मर जाऊँ," यह कहकर वह दौड़ते हुए अपने कमरे में चली गई और ग़ुस्से में दरवाज़ा भड़ाक से बन्द कर लिया।

उस रात काफ़ी देर तक मुझे नींद नहीं आई। वह नॉर्मल बरताव कर रही है या जानबूझकर ऐसा कर रही है? जालप्पा की चेतावनी के बावजूद मैं उसके साथ रहा यह ग़लती तो नहीं हुई ना मुझसे? मैं उसकी तरफ़ एक रचनात्मक लेखक के रूप में देख रहा हूँ या फिर अपनी आनेवाली कहानी के किसी पात्र के रूप में उसे समझने की कोशिश कर रहा हूँ? या फिर उसकी विकृति का मैं भी साथ दे रहा हूँ?

सुबह मॉर्निंग वॉक से वापस आया तो जयता अपने दरवाज़े पर खड़ी मिली। वह चाय पी रही थी।

"गुड मॉर्निंग, दामोदर," उसने प्रसन्न मुख से अभिवादन किया।

"गुड मॉर्निंग, जयता। लेट राइज़र आज जल्दी कैसे उठ गई?"

"उठी कहाँ? रातभर सोई ही नहीं।" उसने हँसते हुए कहा।

ज़्यादा बात नहीं करनी थी इसलिए मैं अपने कमरे का दरवाज़ा खोलने लगा।

"दामोदर, नाश्ते के लिए जाते समय मुझे बुला लेना आँ!" उसने कहा और मेरे कुछ कहने से पहले ही भीतर चली गई।

मैंने नहा-धोकर अख़बार पर ज़रा नज़र दौड़ाई। अपने नोट्स पढ़ लिए। तैयार होकर दरवाज़े के पास पहुँचा तो देखा मिसेज सकलानी जयता के कमरे का दरवाज़ा बन्द करते हुए, बौखलाई हुई सी कुछ बुदबुदाते हुए बाहर आ रही थी। मुझे देखकर कहने लगी, "दिस वूमन—शी इज़ सोऽ..."

"क्यों, क्या हुआ?"

"क्या कहूँ, मैं आज जा रही हूँ बस यह बताने इसके पास आई थी। देखा दरवाज़ा खुला था और यह...जाने दो। अच्छा। मैं जा रही हूँ अब। सुबह की गाड़ी है। बाऽय मि. दामोदर।"

यह कहकर सकलानी चली गई।

एक नज़र जयता के दरवाज़े पर डालते हुए मैं आगे बढ़ गया। विक्रम और जालप्पा साथ ही नाश्ता ले रहे थे। जब हम उठ रहे थे तभी जयता आ गई।

"प्लीज़, कीप मी कम्पनी नो! मेरा नाश्ता होने तक बैठिए ना!"

हद हो गई इसकी! "सॉरी, जयता। हमारा नाश्ता हो गया। यू कैरी ऑन।" यह कहकर हम बाहर चले आए।

पीछे-पीछे जयता बाहर आ गई। विक्रम ने पूछा, "क्या हुआ जयता? नाश्ता नहीं किया?"

"रहने दीजिए! एक दिन नाश्ता नहीं किया तो मर नहीं जाऊँगी मैं।"

सब असमंजस में पड़ गए। मुझे तो ग़ुस्सा ही आ गया। लेकिन मैं जयता का दिल नहीं तोड़ पाया।

"तो फिर चलो। मैं देता हूँ तुम्हें कम्पनी।" कहकर मैं वापस मेस में चला गया।

"बहुत हो गया जयता। तुम मुझे ब्लैकमेल कर रही हो।"

"जाने दीजिए। प्यार में सब माफ़!"

मैं बैठे-बैठे असहज हो उठा। इतने में जयता का अंकल भीतर आ गया और बग़ल की मेज़ पकड़कर बैठ गया।

"वह बात नहीं कर रहा है तुमसे?"

"करता है ना! अभी बता रहा था—कल और परसों रात मैं आपके साथ घूम रही थी इसका पता है उसे। आप उम्र में बड़े हैं इसलिए कुछ नहीं कह रहा है, नहीं तो वह मुझे कहीं भी जाने नहीं देता।"

इतने में मुझे सकलानी की याद आ गई।

"सुबह मिसेज सकलानी के साथ क्या हुआ था?"

जैसे ही मैंने पूछा, जयता ज़ोर-ज़ोर से हँसने लगी। हँसते-हँसते उसे खाँसी आ गई। वेटर तक देखने लगे। मैंने पानी का गिलास आगे किया।

"मज़ा आ गया। मैं नहाने गई थी। कमरे का दरवाज़ा शायद खुला रह गया था। मैंने बाथरूम का दरवाज़ा भी बन्द नहीं किया था। मैं देह में साबुन लगा रही थी तभी वह भीतर आ पहुँची और मुझे कमरे में नहीं पाकर बाथरूम में झाँकने लगी। और फिर—बस उसका चीख़ना बाक़ी रह गया था।"

कोच की ओर जाते हुए जयता ने पूछा, "आज सेमिनार का आख़िरी दिन है। हम कल क्या करेंगे?"

"हम? आज मैं अपने रिश्तेदारों के पास जा रहा हूँ।"

"यू मीन—कल साइट सीइंग के लिए नहीं आ रहे हैं?"

"नहीं। मैंने देखा है सब।"

काफ़ी समय तक जयता चुप रही। अचानक हाथ पकड़ते हुए बोली, "प्लीज़, कल का दिन हम साथ गुज़ारते हैं ना!"

मैंने हाथ छुड़ा लिया। "देखो, देखो जयता। ठीक से बरताव करो!"

"ठीक से बरताव करूँगी तो आप रुक जाएँगे?"

मुझे हँसी आ गई। "नहीं। मेरा रिश्तेदार शाम को मुझे लेने आ रहा है। मुझे जाना ही पड़ेगा।"

"तो हमारा मिलना कब होगा?"

"तुम गोवा आ जाओ पति और बच्चों के साथ।"

उसने एक ठंडी-सी मुस्कान दे दी। "मैंने सपने देखना छोड़ दिया है।"

"अगर ऐसा है तो मैं कभी मद्रास गया तो आ जाऊँगा तुम्हारे घर।"

"मैं आपको अपने घर पर भी बुला नहीं सकती हूँ। किसी को अच्छा नहीं लगेगा।"

अचानक रुककर उसने पूछा, "आपको मेरी याद आएगी?"

"मैं इतनी आसानी से अपने दोस्तों को नहीं भूलता हूँ," मैंने कहा। "तुम?" मेरे सवाल का जवाब दिए बिना उसने पूछा, "आप चॉकलेट चबाकर खाते हैं या चूसकर?"

"बेशक चूसकर।"

"मैं चबाकर खाती हूँ। जो क्षण आता है उस पर झपट्टा मारकर उसे तत्काल भोगना मुझे बड़ा अच्छा लगता है। आप चूसकर खानेवालों में से हैं। मुझे नहीं लगता आपने कभी पत्थर मारकर तोड़ा हुआ आम खाया होगा। आम पककर नीचे गिरने तक रुकते होंगे आप।"

मेरी असहजता बढ़ गई। इतने में बलराज आ गया। मुझे बहाना मिला और उसके साथ मैं वहाँ से चलता बना।

चार बजे सेमिनार ख़त्म हो गया। एक-दूसरे को अलविदा कहते हुए सब बिखर गए। आयोजकों ने दूसरे दिन दिल्ली-आगरा घुमाने का कार्यक्रम बनाया था।

जो पहली बार दिल्ली आए थे वे रुक गए। उमेश मुझे लेने आ गया। कमरे पर जाकर मैं अपना बैग ले आया। बाहर जा ही रहा था कि देखा जयता रास्ता रोककर खड़ी थी।

"यू आर चीटिंग।" उसने ग़ुस्से में मेरी तरफ़ देखते हुए कहा।

"हाय जयता! से गुड बाय विद अ स्माइल, प्लीज़। और उमेश, दिस इज़ माई राइटर फ्रेंड, जयता।"

"तो आप इनके साथ रहनेवाले हैं! क्या आप अपना फ़ोन नम्बर दे सकते हैं? ज़रूरत पड़ने पर पास होना अच्छा होगा।"

मेरे कुछ कहने से पहले ही उमेश ने नम्बर दे दिया।

रास्ते में मैंने उमेश को जयता की हक़ीक़त बताई।

"ऐसा है तो कल तुम्हें फ़ोन ज़रूर आएगा!"

"कल? आज ही आएगा। देखना!"

लेकिन उस रात फ़ोन नहीं आया। फ़ोन करने, साथ जाने के लिए कोई योग्य साथी नहीं मिला होगा शायद। दूसरे दिन सुबह ही फ़ोन आ गया—"हैलो, दामोदर! आई मिस यू।"

"दो दिन। फिर भूल जाओगी।" मैंने कहा। और उसके आगे कुछ कहने से पहले पूछा, "आज आप लोग साइट सीइंग करनेवाले हैं ना? हैव अ नाइस टाइम।"

"मेरा जाने का मूड नहीं है। लेकिन अंकल घूमने के मूड में हैं।" और फिर मेरे फ़ोन काटने तक बड़बड़ाती रही। दोपहर का खाना खाकर ज़रा लेटा ही था कि फिर से उसका फ़ोन आ गया।

"आई एम लॉस्ट हियर इन वृन्दावन। यहाँ कृष्ण के वृन्दावन में घूमते हुए मैंने ग़लत रास्ता पकड़ लिया। और अब देख रही हूँ कि बस मुझे छोड़कर चली गई है।" जयता की रुआँसी आवाज़ सुनते ही मेरी तो नींद ही उड़ गई। "कम डाउन, जयता। तुम कहीं फ़ॉरेन में नहीं हो। बस तुम्हें वहाँ छोड़कर जा ही नहीं सकती। तुम वहीं रुकना।" मैंने कहा। लेकिन मुझे भी चिन्ता हो गई थी।

"प्लीज़, दामोदर, आप आइए ना मुझे लेकर जाने के लिए...," जयता मिन्नतें करने लगी।

"यह सम्भव नहीं है, जयता। लेकिन तुम डरना मत। घंटेभर के लिए राह देखो। और अगर कोई नहीं मिला तो बस-टैक्सी कुछ भी पकड़कर दिल्ली वापस आ जाओ। कोई दिक़्क़त हुई तो मुझे फ़ोन करो।"

उसका दोबारा फ़ोन नहीं आया। आता तो अच्छा होता। मैं चिन्ता करता रह गया।

सुबह उठते ही फ़ोन आ गया। "मैं जाने के लिए निकल रही हूँ। प्लीज़, मुझे गाड़ी के पास मिलने आइए ना!"

"कल फिर क्या हुआ? कैसे आ गईं?"

"बस मुझे ढूँढ़ते हुए वापस आ गई।"

"तो मुझे फ़ोन करके बताना चाहिए था ना! मैं चिन्ता करता रह गया।"

"आप मेरे लिए चिन्तित थे? आई एम सो हैप्पी!"

'भाड़ में जाए यह' ऐसा सोचकर फ़ोन रखने जा रहा था कि जयता ने दोबारा कहा, "प्लीज़, आइए ना गाड़ी के पास..."

"पागल हो गई हो तुम? मैं भी आज जा रहा हूँ। मुझे दस बजे की फ़्लाइट पकड़नी है।"

"तो फिर जाते-जाते मुझसे मिलने स्टेशन से होकर जाइए ना! प्लीज़।"

मैंने आसान रास्ता ढूँढ़ लिया। "अच्छा, आने की कोशिश करता हूँ।"

अर्थात्, मैं नहीं पहुँचा।

जयता ने मेरे साहित्यिक मन को धक्का दिया था। हिलाकर रख दिया था...चिकोटी काटी थी...दाग दिया था। मैंने निश्चय किया कि मुझे जयता पर एक कहानी लिखनी ही चाहिए।

निश्चय करना और हक़ीक़त में उसे उतारना, इन दोनों में बहुत बड़ा अन्तर होता है। डेढ़ साल गुज़र गया। गोवा के तमिल संघ ने मशहूर लेखक प्रो. जयकृष्णन जी को एक कार्यक्रम में बतौर मुख्य अतिथि निमंत्रित किया था। मुझे उनका फ़ोन आ गया। मैंने उन्हें खाने पर बुला लिया। खाने के बाद बातें करते समय मुझे जयता की याद आई। मेरे पूछने पर उन्होंने कहा, "हाँ, हाँ। अच्छा लिखती है। पढ़ा है मैंने उसे।" मुझे बहुत अच्छा लगा।

मैंने कहा, "मैंने उसकी वह मशहूर गुड़िया वाली कहानी सुनी थी। बहुत बढ़िया थी।"

"कौन-सी?"

मैंने संक्षेप में गुड़िया वाली वह कहानी सुना डाली।

जयकृष्णन ने कहा, "लगता है आपसे कुछ ग़लती हुई है। इसमें दो राय नहीं कि वह अप्रतिम कहानी है। लेकिन वह जयता की नहीं, प्रमिला की मशहूर कहानी है।"

"क्या आपको पक्का पता है?"

"बेशक! मैं उसे विद्यार्थियों को पढ़ाता हूँ।"

"कहीं जयता फ्रॉड तो नहीं है ना?" मैंने पूछा।

"मेरा उससे परिचय तो नहीं है। लेकिन अच्छा लिखती है। हाल ही में उसकी एक नई कहानी पढ़ी मैंने। एक बुज़ुर्ग लेकिन लम्पट लेखक के साथ हुए अनुभव पर..."

मैं हैरान रह गया। "क्या आप संक्षेप में बता सकते हैं, प्लीज़!"

"यह सही है कि यह लेखिका ज़रा इरॉटिक और बोल्ड लिखती है। कहानी फ़र्स्ट पर्सन में है। जब एक सेमिनार में जाती है तब वहाँ एक बुज़ुर्ग लेखक उससे क़रीबियाँ बढ़ाने की कोशिश करता है। जहाँ जाती है वहाँ उसका पीछा नहीं छोड़ता। रात को फ़ोन करने जाते समय यह कहकर उसके साथ लग जाता है कि उसे कम्पनी देने आ रहा है। कड़ाके की ठंड का बहाना बनाकर उसका हाथ पकड़ता है। वह नहाते समय दरवाज़ा खोलकर अन्दर झाँकता है। और आख़िरी दिन कँपकँपी लग रही है कहकर उसे बाँहों में जकड़ लेता है। बरदाश्त करने की हद ख़त्म हो जाने के कारण वह उसे दुत्कार कर धकेल देती है। वह निराश होकर गेस्ट हाउस छोड़कर चला जाता है। आख़िरी दिन निर्लज्ज-सा वह गाड़ी के पास उससे मिलने आता है और वहाँ—ही गेट्स अ पीस ऑफ़ हर माइंड—यह अन्त बहुत ज़बरदस्त किया है उसने।"

मैं भौचक्का-सा सुनता रह गया!

क़सम

आज ज़रा ज़्यादा हो गई थी। शादी के बाद पहली बार ऐसा हुआ था। वैसे शादी से पहले भी वह ज़्यादा पीता नहीं था। लेकिन कभी बैचलर्स पार्टी वग़ैरह हो तो थोड़ी ले लेता। मम्मी को पसन्द नहीं है यह वह जानता था। और उसे भी पीने का उतना शौक़ नहीं था। लेकिन आज फ्रैंकी बहुत ही आग्रह कर रहा था इसलिए ना कहना बड़ा मुश्किल हो गया।

वैसे बहुत रात नहीं हुई थी। नौ बजे थे। बाज़ार अभी-अभी बन्द होने लगा था। बाइक स्टैंड पर खड़ी कर अभी अन्दर पहुँचा ही था—जेनिफर और मम्मी दोनों सिलवेस्टर पर बरस पड़ीं। दरअसल शादी होकर बस चार महीने बीतते ही दोनों के बीच भयंकर तू-तू मैं-मैं शुरू हो गई थी। सिलवेस्टर को घर पहुँचते ही माँ और पत्नी दोनों की बातों को सुनना पड़ता था। लेकिन आज दोनों एक-दूसरे पर नहीं बल्कि सिलवेस्टर पर ग़ुस्सा हो रही थीं।

"कितनी रात हो गई! एक फ़ोन भी नहीं कर सकते थे क्या?"

"तुम्हें किसी की चिन्ता है नहीं—हमें भी नहीं है क्या?"

"कैसे पता चलेगा—एक्सिडेंट हुआ या..."

"मोबाइल पर फ़ोन किया तो उसे भी नहीं उठा रहे थे। अब हम क्या समझें?"

मोज़े निकालते-निकालते सिलवेस्टर ने पूरी बात बताई। फ्रैंकी को प्रमोशन मिलने की ख़ुशी में उसने फ्रेंड सर्कल को पार्टी दी थी। मोबाइल का बजना सुनाई नहीं दिया था। अगली बार बिना चूके सबसे पहले फ़ोन करके बता दूँगा, यह कहते ही मम्मी गरज उठी—

"अगली बार? सायबा! हे भगवान...माफ़ करना! शादी से पहले कभी भी इतनी नहीं पी थी मेरे बेटे ने। अगर पता होता कि यह हाल होगा तो कहती कि शादी ही मत करो।"

ये सब सुनकर जेनिफर अगर चुप बैठती तो वह जेनिफर कैसे कहलाती?

"शादी के बाद अब जाकर पता चला है कि धोखा हुआ है मुझसे। माँ-बाप ने अच्छे से पूछताछ करके पता लगाया था कि शराबी नहीं है इसीलिए तो शादी करवा दी थी इससे। एक तो आज यह पीकर आया है और कल फिर से जाने की बात कर रहा है।"

"ओ सायबिणी, मेरा गुनाह माफ़ कर दो अब। कल को मैं कहीं और शराब पीने जाऊँगा यह नहीं कहा था मैंने। अगली बार अगर ऑफ़िस में देर हुई या फिर बस छूट गई तो फ़ोन करके घर में बता दूँगा—बस इतना ही कहा था मैंने।"

और फिर आग शान्त हो गई। लेकिन चिनगारियाँ अभी तक पूरी तरह बुझी नहीं थीं। रात को जेनिफर क़रीब आने के लिए किसी भी तरह तैयार नहीं हो रही थी। मैंने बहुत फुसलाया, मनाया।

"सुना ना तुमने मम्मी क्या कह रही थी?"

"आज और क्या किया तुमने?"

मैं अब तक इस भुलावे में था कि कम-से-कम आज तो कोई शिकायत नहीं होगी।

"कान फूट गए क्या तुम्हारे? सुना नहीं तुमने? मुझसे शादी करने के बाद अब तुम पीने लगे हो, ऐसा नहीं कहा?"

"अरे नहीं! उसने मुझसे कहा—पीना ही था तो शादी क्यों की? बस, यही कहा। देखो, मैं पियक्कड़ नहीं हूँ। आज फ्रैंकी ने फोर्स किया इसलिए..."

"और कहीं पीने नहीं जाओगे ना?" जेनिफर ने बाँहों में आते हुए समझदारी दिखाई और फिर रात रंगीन हो गई।

सुबह बाइक स्टार्ट करके बाहर निकल ही रहा था कि दरवाज़े के सामने से जॉनी हाथ में रखी एक पाव शराब को जेब में छिपाते हुए झेंपते हुए गुज़र गया। दिन की शुरुआत शराब से करनेवाले शराबियों पर सिलवेस्टर

को बड़ा ग़ुस्सा आता है। इस जॉनी को उसके घरवाले भी कुछ नहीं कहते हैं। इसे अगर मेरी मम्मी की तरह माँ और जेनिफर जैसी पत्नी मिली होती तो सीधा रहता।

बाज़ार में बाइक पार्क करके बस में बैठने तक सिलवेस्टर कल के बारे में ही सोच रहा था। कभी अगर कहीं पार्टी या वेडिंग में गया तो बियर लेना और दूसरे दिन अगर इतवार हो तो व्हिस्की के दो पेग चढ़ाना इसमें कोई नई बात तो थी नहीं। लेकिन शादी के बाद बार में बैठकर पीने का ये पहला मौक़ा था। मम्मी को पहले से ही बार में बैठना ज़रा भी बरदाश्त नहीं होता था। उसके पीछे एक कारण था। सिलवेस्टर का पिता शराब की लत की वजह से ही जल्दी ख़त्म हो गया था। तब से माँ ऐसी हो गई थी। सिलवेस्टर जब भी किसी पार्टी में जाता तो दस बार उसे आगाह करती—"ज़्यादा मत पीना। मुझे पसन्द नहीं है।" इसका मतलब जेनिफर को भी पसन्द नहीं है! अच्छा हुआ। सिलवेस्टर को भी शराब का ख़ास आकर्षण नहीं था। आज समय पर घर पहुँच जाते हैं। लेकिन घर पहुँचने पर भी क्या चैन मिलेगा? पिछले सात-आठ महीनों में सास-बहू के बीच तू-तू मैं-मैं न हुई हो ऐसा एक भी दिन नहीं गुज़रा था। इस वजह से घर जल्दी वापस आने का मन नहीं होता था।

ऑफ़िस छूटते ही बस मिल गई। इसका मतलब आज घर ज़रा जल्दी ही पहुँच जाऊँगा! लेकिन—जल्दी पहुँचने का मतलब है मम्मी और जेनिफर की शिकायतों को और ज़्यादा समय तक झेलना। चलो अच्छा हुआ! बाज़ार तक पहुँचने से पहले ही बस का टायर पंक्चर हो गया। बीस मिनट ही सही, कुछ तो देर हो जाएगी।

"बैड लक! मैं जा रहा हूँ। आओगे?" सुकुमार ने पूछा।

"कहाँ?"

"लेफ़्ट-राइट।"

आठ-दस मिनट तक पैदल चलते हुए सिलवेस्टर बाइक तक पहुँच गया। घर पहुँचा तो देखा मम्मी और जेनिफर गैलरी में रखी हुई कुर्सियों पर बैठकर बातें कर रही थीं। सिलवेस्टर को देखते ही दोनों के चेहरे खिल उठे। क्या आज वह बिना पिए घर पहुँचा इसलिए? जो भी हो। घर में ऐसे ही

शान्ति बनी रहे यह कामना करते हुए सिलवेस्टर घर के भीतर चला गया।

लेकिन उसकी आशा अल्पजीवी साबित हुई। दूसरे दिन जब वह घर पहुँचा तो माहौल बड़ा गर्म था।

"देखो सिलू, मम्मी से तुम्हें कहना पड़ेगा। लोगों से यों मेरी चुगली न किया करें।"

"मैंने चुगली की है? अरे जब वह लुर्दिन आई थी तब मैं चावल पका रही थी। रोज़ पकाती हूँ बस इतना कहा तो क्या ग़लत कहा?"

"वह लुर्दिन पूछ रही थी—क्या बहू घर में नहीं है? तब क्यों चुप रहकर सुनती रहीं?"

"और क्या करती? मैंने तुमसे कुछ कहा है?"

"क्या तुम बता नहीं सकती थीं कि फिश साफ़ करना, फिश करी बनाने का काम बहू करती है। एक चावल पकाकर ऐसे पूरा खाना बनाने का क्रेडिट कैसे ले सकती हो? उससे अच्छा है कि सारा खाना तुम ही बनाओ और लो जी भरकर क्रेडिट!"

"मुझे नहीं चाहिए कोई क्रेडिट-व्रेडिट। सिलू, तुम कह दो उसे, अगर खाना नहीं बनाना है तो बता दे। मैं बना लूँगी।"

जब बरदाश्त के बाहर हो गया तब सिलवेस्टर अन्दर चला गया और ज़ोर से टी.वी. लगाकर बैठ गया।

दूसरे दिन घर वापस आया तो अलग ही कांड मचा था।

"जानते हो सिलू, कल लुर्दिन अपने नाती के आज होनेवाले बपतिस्मा का बुलावा देने आई थी। इस तरह वहाँ न जाना ठीक लगेगा क्या?"

"मैंने कब रोका है? जाने के लिए कहा ना तुमसे?" जेनिफर ने उलटा जवाब दिया।

"मैं अकेले नहीं जा सकती हूँ इसलिए दोनों साथ चलते हैं बस इतना कहा मैंने।"

"अगर दोनों गए होते तो घर बन्द करके जाना पड़ता। आज गैस सिलिंडर आनेवाला था। इसीलिए मैंने कहा, या तो तुम जाओ या मैं जाती हूँ।"

"मुझे अकेले रहने के लिए कह रही हो? और वह गैस सिलिंडर लेकर

आनेवाले किस तरह के लोग होंगे क्या पता? उन्होंने मेरे साथ कुछ कर दिया..."

"बस करो।" गुस्से में चीख़ते हुए सिलवेस्टर उठा और सीधे अलेक्स के घर जाकर बैठ गया। दिमाग़ ठंडा होने तक! रात को आठ बजे जब वापस घर आया तब दोनों एकदम चुप बैठी हुई थीं। आग अभी तक सुलग रही थी ये देखते हुए सिलवेस्टर बिना कुछ कहे अन्दर चला गया। वॉश बेसिन पर जाकर चेहरे पर पानी मारा तो मम्मी टॉवेल लेकर बग़ल में खड़ी हो गई। बेडरूम में जाकर जब कपड़े बदल रहा था तब देखा कि जेनिफर पास ही खड़ी थी। थोड़ी देर बाद उसने धीरे से पूछा, "सिलू, बार में तो नहीं गए थे ना?"

"बस! अब खाना खाने दो।"

खाना खाते समय जेनिफर ने इशारों से मम्मी को 'नहीं' कहा यह सिलवेस्टर की नज़रों से नहीं बच सका।

अगला दिन इतवार का था। सुबह मास* सुनने के बाद सिलवेस्टर चर्च की एक समिति की मीटिंग की वजह से पीछे रुक गया और खाना खाने के समय पर चला आया। शाम को उठकर फिर से अलेक्स के घर गया। अलेक्स ने जो बियर दी थी उसे ना नहीं कहा। काफ़ी समय तक बातें करने के बाद, देर से ही घर पहुँच गया। खाना खाने के बाद सीधा सोने चला गया। जेनिफर का इन्तज़ार तक नहीं किया।

सोमवार की शाम को बस से उतरने के बाद बाज़ार में ही ज़रा टाइमपास किया। कोई साथ देनेवाला ढूँढ़ते-ढूँढ़ते उसे अलेक्स मिल गया।

"अरे अलेक्स, कल तूने बियर पिलाई थी ना! आओ, आज मैं तुम्हें पिलाता हूँ।"

दोनों बियर पीते हुए काफ़ी समय तक बातें करते रहे। रात को घर पहुँचने पर देखा कि मम्मी और जेनिफर चिन्ता में ड्रॉइंग रूम में बैठी हुई थीं। सिलवेस्टर के अन्दर आते ही दोनों ने तोपें दागनी शुरू कीं।

"आज फिर से तुम पीकर आए हो? इन करतूतों से घर का नाम मिट्टी में मिलाओगे!" मम्मी गरज उठी।

---

* ईसाई प्रार्थना/धार्मिक सभा।

"मैंने सोचा तक नहीं था कि तुम कभी पीने लगोगे।" जेनिफर बिफर उठी।

"मैं पिऊँगा अपने लिए। तुम्हारा इससे कोई मतलब नहीं। खाना परोसो अब।" कहते हुए सिलवेस्टर कमरे में चला गया। उसने देखा कि पीछे मम्मी और जेनिफर में कानाफूसी चल रही थी। लेकिन ऐसे दिखाया जैसे उसे कुछ पता ही नहीं है और फिर जाकर खाने की मेज़ पर बैठ गया।

मंगलवार को जब बस से उतरा तब किसी साथी को ढूँढ़ने नहीं गया। पहले ज़रा यहाँ-वहाँ घूमा और बाद में बार में जाकर बैठ गया। फ़ोन बजने लगा था लेकिन उसने नहीं उठाया। उसने सुना था कि मुँह से निकलनेवाली बियर की बास व्हिस्की से ज़्यादा तेज़ होती है। एक बियर लिए काफ़ी देर तक बैठा रहा। बियर की आख़िरी घूँट को उसने अपने रूमाल पर छितराया। और दरवाज़े के पास पहुँचते ही उस रूमाल से चेहरा पोंछकर अन्दर आ गया। आज भी मम्मी और जेनिफर ड्रॉइंग रूम में बैठकर राह देख रही थीं।

"देखो मम्मी, आज भी सिलू पीकर आया है। सत्यानाश कर देगा अपनी सेहत का भी और हमारी फ़ैमिली का भी।" जेनिफर ने बोलते-बोलते रोना शुरू किया। मम्मी ने पास जाकर उसे अपने गले से लगा लिया। "अरे सिलू, अपनी पत्नी का ज़रा तो ख़याल करो। और उसके लिए न सही लेकिन बच्चे के लिए तो पीना छोड़ दो।"

"किसके लिए?" लड़खड़ाते हुए अन्दर आया हुआ सिलू एकदम सीधा तनकर खड़ा हो गया।

"अपने आनेवाले बच्चे के लिए। जेनिफर माँ बननेवाली है। कम-से-कम अब तो..."

"और मुझे नहीं पता?"

"तुम्हें कैसे पता चलेगा? चार दिनों से तुम पीकर आ रहे हो। कब बताएगी तुम्हें वह?"

सिलवेस्टर नाटक भूल गया। जेनिफर को अपने पास खींचकर उसने पूछा, "सच जेनिफर, तुम माँ बननेवाली हो?"

"हाँ। और तुम पापा।" जेनिफर ने आँखें पोंछते हुए कहा, "लेकिन सिलू, प्लीज़, इसके आगे शराब..."

"छोड़ दो मेरे बच्चे!" मम्मी ने वाक्य पूरा किया।

"मम्मी, जेनी ने इतनी अच्छी ख़बर दी है। आज के बाद मैं कभी भी बार में बैठनेवाला नहीं हूँ।"

जेनिफर ने झट से सिलवेस्टर का हाथ पकड़ा और उसकी हथेली अपने पेट पर रख दी। "अपने बच्चे की क़सम खाकर कहो।"

"बाल-बच्चों से घर-परिवार फलना-फूलना चाहिए। सिलू खाओ क़सम।" मम्मी ने आग्रह किया।

सिलवेस्टर सतर्क हो गया। यही मौक़ा था। "मैं क़सम खाता हूँ। लेकिन तुम दोनों को भी क़सम लेनी होगी।"

"हमें? हम शराब को छूते तक नहीं!"

"मैं शराब छोड़ दूँगा। तुम लोग लड़ाई-झगड़ा छोड़ो।"

मम्मी ने जेनिफर की तरफ़ देखा। जेनिफर ने मम्मी की तरफ़ देखा। दोनों हँसने लगीं। और तीनों एक-दूसरे के गले लग गए।

करामात

उष्णता से इस रेतीले परिसर को दिनभर दग्ध करने के बाद सूरज अब क्षितिज के पार चला गया है।

रात तपिश को छोड़ ठंडी होना चाहती है।
सम्पूर्ण सृष्टि शान्त सो रही है—
धरती के भरोसे।
लेकिन धरती तितर-बितर हो रही है।
बहुत दिनों से, पेट में हलचल मची है।
व्रह शरीर को थरथरा रही है।
श्रान्त होकर सुस्ताने के बदले
धरती भय से काँपने लगी है।
किसी भी क्षण—
पेट से उबाल बाहर आ सकता है।
शायद—उबकाई...

सारी धमनियाँ बौखला उठी हैं।

रक्त उसका मानो नशे में चूर-सा...बहता जा रहा है—दिशाहीन।

लातूर, भुज प्रदेश के उपरान्त हवा के झोंकों में विलीन हो चुकी चीख़ कहीं यहाँ ईरान में आकर तो नहीं छिपी है ना?

आकुल-व्याकुल धरती।

इस संकट का निवारण कैसे करे?
इस संकट का समाधान हो कैसे?
या परवरदिग़ार, बचाओ इस जहान को।
कैसे निश्चिन्त सोए हुए हैं लोग, देखो—मुझ पर भरोसा रख।

पेट के पत्थर और शिलाएँ आकाश देखने को उत्सुक हुए हैं।
ज़रा धीरज रखो रे तुम...
ज़रा पौ तो फटने दो।
कोई सुनने की मन:स्थिति में क्यों नहीं है?
धरती का मन तितर-बितर
और काया नीचे-ऊपर
और दिल दहला देनेवाला कम्प—

हाजी गली के उस लकड़ियों के तख़्तों से बने घर में वे सब सुस्त सोए हुए हैं।
बाप खटिया पर।
माँ बेटी को पास लिए नीचे रज़ाई पर
वे सुबह की गहरी नींद के मीठे सपनों में जब थे
पास की बच्ची हिलने लगी
बच्ची के 'उवाँ' करने के पहले ही
नींद-भरी आँखों से देखते हुए उसे क़रीब खींचा।
स्तन से लगाया।
स्तनाग्र चूसते समय की एक अद्वितीय सुख-संवेदना।
एक असीम आनन्द की लहर
कितनी देर हुई होगी?
पेट भर गया होगा बेटी का।
उसे हटाने जा रही थी तो फिर से स्तनाग्र खींचने लगी।
पिछले सात महीनों से यही चल रहा है।
बेटी स्तन छोड़ने को तैयार नहीं होती।

बेटी स्तन छोड़े ये माँ नहीं चाहती।
बाप ने बीच में सिर उठाकर देखा।
बेटी की आँखें तृप्त-सन्तुष्ट।
फिर भी होंठ प्यासे।
माँ की आँखें उनींदी
और मुख पर हल्की-सी मीठी हँसी।

अचानक—
क्या कहीं विपत्तियों का वृक्ष उखड़ रहा है?
कैसी कान फोड़ देनेवाली भयंकर आवाज़ है ये?
शायद...
पेड़ इस घर पर ही...?
अनजाने में माँ के दोनों हाथ
स्तनाग्र चूसनेवाली बेटी के आसपास कस गए।

ऊपर की बस्ती में नए बनवाए
उस ईंटों के मकान में
तड़के वह भीतर घुस गया।
तब हुसैन की अम्मा, रसोईघर में काम कर रही थी।
तड़के वापस आनेवाले पति के लिए गावा बना रही थी।
वह आज कुछ ज़्यादा ही ख़ुश था।
बाक़ियों के लिए बीती रात कैसी भी गुज़री हो
पर उसके लिए बहुत अच्छी गुज़री थी।
जाँच नाके की ड्यूटी थी ही ऐसी।
कड़ी जाँच ज़ारी रखोगे तो—
भरपूर कमाई।
उस रात गाड़ियाँ पहले से ज़्यादा गुज़री थीं।
कमाई दुगुनी हुई थी।

बाबू लोगों को पहुँचाने के बाद भी बटुआ अभी तक भारी था।
ख़ुशी के मारे वह रोज़ के मुक़ाबले कुछ जल्दी ही
पौ फटने के पहले ही लौटा था—
हुसैन अब मदरसे जाएगा।
उसके भविष्य की तैयारी करने लगा हूँ मैं,
घरवाली को सबूत के साथ दिखाना था।
जेबों को खनखनाते हुए वह सीढ़ियाँ चढ़ा।
भीतर पहुँचा ही था—
उसका सन्तुलन खो गया।
जैसे किसी ने पैरों के नीचे से चटाई खींच ली हो वैसे वह गिरा।
तब तक विनाश शुरू हो चुका था
ऊपर रखा सामान गिरने लगा
खिड़कियाँ गड़गड़ाने लगीं।
वह बाहर दौड़ पड़ा।
बरामदे का खम्भा गिर गया था।
घरवाली अन्दर रसोईघर में थी।
देखा, वह अन्दर भाग रही है
सोए हुए हुसैन को जगाने।
देखते-देखते खड़ी अलमारी उसके सामने ही लुढ़क गई।
बावजूद इसके वह अन्दर जाना चाहती है यह देख
उसने देर नहीं की।
उसे अन्दाज़ा हो गया था—
"या अल्लाऽह!"
पकड़ा उसके हाथ को
और ज़ोर से खींच ले आया बाहर।
"मेरा हुसैन..." वह चीख़ रही थी।
"यहीं ठहरो।" वह सख़्ती से बोला।
अन्दर दौड़ने के लिए क़दम उठाए।

लेकिन बहुत देर हो चुकी थी।
वह वहीं बुत-सा खड़ा हो गया।
पूरी दीवार उसके बबुआ पर ढह गई थी।

"कोई तो मदद करो, बचाओ मेरे हुसैन को!"
कौन किसकी मदद करता?
हादसे में पीछे बचे हुए
सब दौड़ रहे थे—कोई यहाँ, कोई वहाँ।
कुछ आँखें मिचमिचाते हुए सामने जो हो रहा था देख रहे थे।
"मेरी मदद करो,"
हमेशा ज़रूरतमन्द रहनेवाले पड़ोसी से उसने मिन्नत की,
"जो माँगोगे दे दूँगा।"
जेब के सारे नोट दिखाकर कहा।
लेकिन ज़रूरतमन्द का दु:ख उससे भी बड़ा था।
सभी चीख़ रहे थे।
कोई उसकी पुकार सुननेवाला कैसे मिल पाता?
बस कुछ पल—
कुछ पलों में ही सारा माहौल एकदम उलट गया था
जो कभी था वह अब नहीं रहा था।

उस जगह के बचे हुए भूकम्पग्रस्त लोग
जल्दी-जल्दी इकट्ठा हो गए।
इतने में कोने का आबू-जाफर दौड़ता आ गया।
"मेरी बीवी अन्दर फँस गई है। ज़रा मदद कीजिए।"
चार लोग दौड़ पड़े।
पूरी तरह खिसक चुकी खिड़की
ज़ोर लगाते ही चौखटे के साथ बाहर आ गई।
अन्दर पलंग के नीचे छिपी हुई थी बेटी

उसके पुकारने पर दौड़कर बाहर आ गई।
लेकिन उसकी बीवी और बेटा दबकर ख़त्म हो गए थे।
"और भी अटके-दबे-फँसे लोग होंगे।"
लोगों ने आँसू पोंछ डाले।
कमर कसकर ढूँढ़ने के काम में लग गए।
हुसैन के माँ-बाप आँसू बहा रहे थे।
पृथ्वी की थरथराहट थम चुकी थी।
लेकिन हुसैन पर गिरी हुई दीवार पर चलने से
बबुआ के और दब जाने का डर था।
बग़ल में खड़े रहकर वे क़ुदरत को कोसने लग गए।

बिना किसी के दिशा-निर्देश के लोगों ने दल बना लिए।
"मियाँ, पूरी ज़िन्दगी पड़ी है—मरे हुए लोगों का ग़म मनाने को,
आओ, कोई बचा है तो देखते हैं।"
जाँच-नाके पर कमाए हुए पैसों से
बेटे को नहीं बचा पाया था।
या अल्लाह! कैसी तबाही है ये!
कितने लोग? कितने बच्चे?
बेचारा हुसैन!
और उसने आँसू पोंछ दिए।
पहले अम्मा ने दुपट्टा ओढ़ लिया।
उसने भी फैरन की बाँहों को ऊपर किया।
बाक़ी लोगों के साथ वे भी जुड़ गए...

जो था वह कुछ भी नहीं रह गया था यह सही था
लेकिन अल्लाह ने मदद का हाथ भी जल्दी ही बढ़ा दिया था।
जगह-जगह से राहतकर्मी आ गए।
डॉक्टरों के दलों ने तम्बू खड़े किए।

खाने-पीने का सामान आने लगा।
अख़बारों के प्रतिनिधि और टी.वी. चैनल।
हवा पर तैरनेवाली ख़बरें...कितनी सच? कितनी झूठ?
चालीस हज़ार से ऊपर लोगों की मृत्यु
संसारभर दुःख का साया
अन्तरराष्ट्रीय कार्य युद्ध-स्तर पर
लाशों को ठिकाने लगाना—बड़ी समस्या।
अट्ठाईस हज़ार लाशें धरती के पेट में समा गईं।
और भी आती जा रही हैं।

वाद-विवाद ज़ोरों पर थे।
वैज्ञानिक ने कहा,
"मनुष्य पर्यावरण के साथ ज़्यादती कर रहा है,
उसी का यह परिणाम है।"
ऊपर वाले पर भरोसा रखनेवाले मौलवी ने कहा,
"धरती पर पापों का बोझ बढ़ गया है,
अल्लाह ने यह सज़ा दी है।"
कुर्सी पर विराजमान नेता ने कहा,
"इस बार हम सतर्क नहीं थे,
अगली बार ऐसा विनाश होने नहीं देंगे।"

मलबे के ढेरों तले बीच-बीच में ज़िन्दा लोग मिल जाते।
यह काम अल्लाह के दरबार में दर्ज हो जाएगा
यह सोच हुसैन के माँ-बाप भी डटकर बचाव के काम में लग गए।
पत्थर के नीचे, मिट्टी के नीचे, ढेरों के नीचे...
फँसे हुए लोगों को बाहर निकालते हुए अपना ग़म भूल गए।
लाशों को वह खींच लाता।
अम्मा चुन-चुनकर बच्चों को बाहर निकालती—

कुछ मरे हुए, कुछ ज़िन्दा।
दर्द से बिलखता कोई ज़ख़्मी बच्चा मिलते ही—
दौड़ पड़ती उसे लेकर डॉक्टरों के पास—
जैसे अपना हुसैन ही हो।

दिन बीता, रात बीती।
दूसरा दिन भी ख़त्म होने चला था।
अब बस लाशें ही मिल रही थीं।
"अभी तक यहाँ के कितने घर बाक़ी हैं?"
दोनों एकदम थक चुके थे।
"तुम बैठो अब," उसने कहा।
"इस गली का यह आख़िरी घर है। फिर रुकते हैं।"
सँभल-सँभल कर क़दम रखते समय 'वह' दिखाई दी।
शहतीर के नीचे दबी हुई।
वह दो और लोगों को साथ लेकर शहतीर हटाने लगा।
वह मरी हुई थी।
ऊपर उठी हुई आँखों को देखकर ही पता चल रहा था।
मरे हुए की और कोई क्या मदद कर सकता है?
यह सोचते हुए वहाँ से वह उठ रही थी।
इतने में
उसकी बारीक़ नज़र
उस नन्ही जान पर पड़ गई।
स्तन को चूसकर सोई बच्ची शान्त दिख रही थी।
होंठों पर दूध की दो बूँदें सूख गई थीं।
हुसैन की याद ताज़ा हो गई, उसे ज़ोर से रोना आ गया
उसने एक हाथ बच्ची पर रख दिया।
आँ? ऐसा कैसे हो सकता है?
गरमी? हाथ को महसूस हो रही थी।

साँस? नाक के पास रखी उँगलियों ने बता दिया था।

वह सतर्क हो गई।

डॉक्टरों की टीम पास ही थी।

दौड़ती हुई चली गई।

छह महीने की बच्ची दो दिनों तक ज़िन्दा रही!

क़ुदरत का करिश्मा!

माँ के दूध की करामात!

करिश्मा!

ऐसा भी हो सकता है!

उसने शौहर की ओर देखा।

क़ुदरत से मदद की गुहार लगाते हुए, प्रार्थना करते हुए दोनों अपने घर की तरफ़ भागे।

पूरी ताक़त लगाकर वह दीवार हटाने के लिए।

शायद—हुसैन...

दुनियादारी

दोना पावला के टीले के ऊपर आग्नेलिया रेलिंग को पकड़े हुए खड़ी थी। नीचे फैला हुआ समन्दर हौले-हौले हिलोरें ले रहा था। पीछे की ओर टूरिस्टों का शोर जारी था। मुरगाँव से आनेवाली लांच दिखने लगी थी। लांच किनारे लगने तक अगर वह नहीं आया तो और यहाँ नहीं रुकूँगी ऐसा मन में निश्चय करके आग्नेलिया रेलिंग पर अपना बोझ डाले किनारे पर फैली हुई चट्टानों को देखने लग गई।

पिछले सत्रह मिनट से वह विनोद जिवानी का इन्तज़ार कर रही थी। बेकार ही तय समय पर पहुँच गई ऐसा सोच ख़ुद को कोस रही थी। बाहर से शान्त दिख रही थी लेकिन मन ही मन उबल रही थी। बड़े लोगों का ऐसा ही होता है। उन्हें दूसरों की परवाह नहीं होती। जिन्हें ज़रूरत है वे बरदाश्त करेंगे, ज़रूरत है वे इन्तज़ार करेंगे, बस यही उनका हिसाब होता है।

तो फिर...क्या इसका मतलब यह हो गया कि आग्नेलिया को विनोद की ज़रूरत है?

बात सही थी। ज़रूरत आग्नेलिया को ही थी। लेकिन विनोद को इसका पता नहीं चलना चाहिए। उसे इसकी भनक तक लगने नहीं दी थी इसी वजह से तो आग्नेलिया विनोद के दिल में अपने लिए जगह बना सकी थी।

वैसे विनोद पर अपनी जान क़ुर्बान करने की ख़ातिर कितनी ही लड़कियाँ तैयार रहती होंगी। लेकिन आसानी से मिलनेवाली चीज़ों के लिए ज़िन्दगीभर दुनिया के सामने शान जताते रहने में अमीरों को मज़ा नहीं आता। आग्नेलिया

इस दुनियादारी को अच्छी तरह समझती थी इसीलिए उसने विनोद को जितना चाहिए उतना ही पास आने दिया था और जितना चाहिए उतना दूर रखा था। अब विनोद को आग्नेलिया की ज़रूरत महसूस होने लगी थी। आग्नेलिया की ख़ातिर वह दीवाना हो गया था। उसके लिए वह कुछ भी करने को तैयार था। बावजूद इसके पौने छह बज चुके थे फिर भी विनोद नहीं आया था। जबकि उसे साढ़े पाँच बजे पहुँचना था।

"हाय स्वीटी," एक टूरिस्ट ने आग्नेलिया को अकेला देख अपना पत्ता फेंककर नसीब आज़माने की कोशिश की। किसी अमीर का पिल्ला होगा। घूमने आते हैं और फिर इस अन्दाज़ में बरताव करते हैं मानो यहाँ की हर चीज़ और इनसान इनके लिए ही रख छोड़े हैं। आग्नेलिया के एक तीखी नज़र उस पर डालते ही वह वहाँ से खिसक गया।

मुरगाँव की लांच जेटी पर लग चुकी थी और उसमें से लोग उतर गए थे, यह देखकर आग्नेलिया खीज उठी...अब यहाँ और नहीं रुकूँगी यह सोचकर वह मुड़ गई। इतने में दूर मोड़ पर विनोद की मर्सिडीज मुड़ते हुए उसने देखी।

आग्नेलिया तेज़ी से नीचे उतर आई और सिटी बस के पास जाकर खड़ी हुई।

"हाय, नेलिया," विनोद ने दूर से ही उसे आवाज़ दी।

आग्नेलिया ने ऐसे किया मानो उसने उसे देखा ही नहीं। विनोद टूरिस्टों के बीच से रास्ता निकालता हुआ उसके पास पहुँच गया।

"नेलिया!" पास आते ही उसने पुकारा।

"अरे! आ गए तुम?" चकित होने का नाटक करने के बाद आग्नेलिया ने अपनी भड़ास निकाली। "ओह विनोद, आई एम बोर्‌ड! कितनी देर कर दी तुमने? आई एम टायर्ड ऑफ़ वेटिंग। मैं अब घर लौटनेवाली थी।"

"सॉरी, नेलिया! भैया की वजह से देर हुई मुझे। आधे घंटे में आता हूँ कहकर निकला हुआ भैया डेढ़ घंटे बाद पहुँचा। मैं बाहर निकल ही नहीं पाया।"

फिर झूठ-मूठ का ग़ुस्सा छोड़कर आग्नेलिया ने विनोद के हाथ में हाथ

दे दिया। विनोद बातें करते-करते उसे लेकर टीले के ऊपर चढ़ गया। सूरज अभी-अभी पानी में डूब गया था। दूर लंगर डाले तैरते हुए जहाज़ दिख रहे थे। पीछे की ओर टूरिस्टों की भीड़ उमड़ी हुई थी। जेटी की तरफ़ स्पीड बोट्स की आवाजाही चल रही थी। मुरगाँव जानेवाली लांच अभी छूट रही थी।

दोनों रेलिंग के सहारे खड़े हो गए। सामने प्रकृति का अद्‌भुत नज़ारा फैला हुआ था। लहरें किनारे से टकराकर बिखर रही थीं।

बोलते-बोलते विनोद एकदम रुक गया। नीचे फैले किनारे को एकटक देख रही आग्नेलिया से उसने पूछा, "क्या देख रही हो? पत्थर गिन रही हो?"

"नहीं। लहरें गिन रही हूँ।" आग्नेलिया ने कहा।

विनोद ठहाका मारकर हँसने लगा। "अगर लहरों को गिना जाना सम्भव होता तो जिवानी एंड कम्पनी उन्हें बैंक में भरकर नहीं रखती?"

विनोद ने वही कहा था जो सत्य था। उसका दादा मदनभाई जिवानी बग़ल में झोला लटकाए गोवा आया था और पत्थरों का कारोबार करके खदान का मालिक बन गया था। आगे चलकर खनन का कारोबार मन्दा पड़ने लगा। तब विनोद के पिता बाबूभाई ने गोवा के तट पर फाइव स्टार होटल खड़े किए थे और सचमुच अगर लहरें गिनी जा सकतीं तो विराट और विनोद उन लहरों का भी धन्धा शुरू करने से पीछे नहीं हटते।

"एक्सक्यूज़ मी!" किसी पर्यटक ने उन्हें पुकारा। समन्दर का फ़ोटो लेने के लिए वह उनसे ज़रा परे हटने के लिए कह रहा था। एकदम रंग में भंग-सा हो गया।

इतने में एक और टूरिस्ट ऊपर आ गया। विनोद उकता गया। आग्नेलिया का हाथ खींचकर उसने कहा, "हम कहीं और चलते हैं। इन टूरिस्टों की मचमच बरदाश्त नहीं होती।"

"कहाँ चलें?" गाड़ी स्टार्ट करते हुए विनोद ने पूछा। उसकी ये हमेशा की आदत है।

"ऐज यू प्लीज़," आग्नेलिया का रोज़ का जवाब।

दरअसल कहाँ जाना है यह महत्त्वपूर्ण नहीं होता था। साथ जाना महत्त्वपूर्ण था।

"बीच नहीं तो होटल—तीसरा कुछ सूझता ही नहीं है।" विनोद ने कहा।

आग्नेलिया को याद आया। अमेरिकन बीट ग्रुप गोवा के टूर पर था। उनका एक प्रोग्राम आज मड़गाँव में होने जा रहा था। उसने घड़ी देखी।

"इफ़ ओनली यू वेयर टु कम इन टाइम! कितना अच्छा बीट शो देखने जा सकते थे। लेकिन अब बहुत देर हो गई।"

"सिर्फ़ इस भैया की वजह से," विराट पर नाराज़गी ज़ाहिर करते हुए विनोद बोला।

"लेकिन टाइम होने पर तुम बाहर निकल सकते थे। जब तुम नहीं होते हो तब क्या वह बाहर नहीं जाता है?" आग्नेलिया ने मन का गुबार निकाला।

"ऑफ़ कोर्स, ही इज़ दि बॉस! वह कुछ भी कर सकता है। उसने मुझसे कहा था कि मैं उसके आने तक रुक जाऊँ और इसके बावजूद अगर मैं चला जाता तो क्या वह नाराज़ नहीं होता?"

"हाँ बाबा! तुम्हें तो बस उसी की पड़ी है। मेरे बारे में तुम क्यों सोचोगे?" आग्नेलिया का ताना विनोद को आहत कर गया।

"प्लीज़, ट्राई टु अंडरस्टैंड मी, नेलिया। उसने मुझे बेकार ही बिठाकर नहीं रखा था। उसे किसी काम से बाहर जाना था, और मुम्बई से एक अर्जेंट मेसेज आनेवाला था। किसी भी समय फ़ोन आ सकता था इसीलिए मुझे रुकने को कहा।" विनोद ने सफ़ाई दी और ऊपर से झुँझलाते हुए बोला, "एक बात सही है, हर बार मेरे रास्ते में विराट आड़े आ जाता है।"

आग्नेलिया को पिछले महीने गुज़र चुके अपने बर्थ डे की याद आ गई। मना करने के बावजूद विनोद ने पार्टी दी थी। वहाँ आग्नेलिया के फ्रेंड्स से ज़्यादा विनोद के ही दोस्त थे। उस दिन के विनोद के बरताव से उनके रिश्ते और भविष्य की योजनाओं का अन्दाज़ा दोस्तों को हो गया था। आग्नेलिया ने अपने लिए जो राह चुनी थी, उस पर आगे बढ़ानेवाला ये एक और क़दम होने की वजह से वह बहुत ख़ुश थी। उसकी ख़ुशी में तब चार चाँद लग गए जब विनोद ने सोने की लड़ी में बँधा एक मोतियों का नेकलेस आग्नेलिया को भेंटस्वरूप दे दिया। आग्नेलिया को वह नेकलेस बहुत पसन्द आया था। क़ीमती था, पन्द्रह हज़ार से कम का तो बिलकुल नहीं होगा।

"ओह विनोद, हाउ ब्यूटीफुल!" आग्नेलिया ने दिल से कहा था।

"पर सच कहूँ? आई एम सैड। मेरे मन में जो था वह मैं तुम्हें नहीं दे सका!" और फिर विनोद आग्नेलिया को एक तरफ़ ले गया और बात स्पष्ट की थी। "मैंने पिछले दिनों जो मारुति कार बुक की थी वह परसों ही हमारे पास पहुँच गई। उसी को मैं तुम्हें प्रेज़ेंट के रूप में देना चाहता था। लेकिन विराट ने मेरे रास्ते में रोड़ा खड़ा कर दिया। कहने लगा—पहले इनसान का मूल्य तय करना सीखो, फिर भेंटें देते रहना!"

बड़े लोगों की बातें और बड़े लोगों की करतूतों को जब आम आदमी की नज़र से देखो तो बड़ा ग़ुस्सा आता है। पर आग्नेलिया इन बातों को बड़े लोगों के नज़रिए से देखना सीख चुकी थी। इसलिए विराट ने जो कहा उसे उसने अपने दिल पर नहीं लिया। उलटा उसे लगा कि उसने विनोद को रोककर अच्छा ही किया।

सच, अगर विनोद उसे मारुति भेंट दे देता तो पेट्रोल और मेंटेनेंस का इन्तज़ाम क्या वह कर पाती?

विनोद से जब उसने यह कहा तो वह ज़ोर-ज़ोर से हँस पड़ा था। "अरे पागल, इस विनोद जिवानी के रहते हुए तुम पेट्रोल की चिन्ता कर रही हो? तुम्हें पता है जिवानी एंड कम्पनी की कितनी गाड़ियाँ हैं? मुझे भी ठीक से पता नहीं है। इतनी गाड़ियों के बीच में तुम्हारी एक।"

मतलब, विनोद के नाम पर पेट्रोल डाला जा सकता था। लेकिन ऐसा कितने दिनों तक चलता?

कितने दिनों तक? आग्नेलिया को चिन्ता हो रही थी। बड़े लोगों के बारे में कुछ कहा नहीं जा सकता। ऊपर से इंटर-रिलिजियस! आज विनोद सीरियस है। रोज़-रोज़ मिलकर कल नेलिया से ऊबने लग गया तो? बाद में वह बहाने ढूँढ़ने लग जाएगा।

धर्म का बहाना वह नहीं बनाएगा। उसने पहले ही साफ़ कह दिया था—"जिवानीज़ नो नो रिलिजन! पैसा ही हमारा भगवान है।"

"अगर ऐसा है तो तुम लोगों को पैसेवालों की ही लड़की चाहिए होगी,"

आग्नेलिया ने असली बात जानने की कोशिश में कहा।

"जब तुम मेरी पत्नी बनोगी तब मेरे जितनी ही अमीर हो जाओगी कि नहीं?" विनोद हँसी के मूड में था।

"मैं तुम्हारे बारे में नहीं जानना चाहती। आई मीन, तुम्हारे घरवालों को..."

"घर में कौन है? मेरी माँ बचपन में ही गुज़र गई। पिता की मौत को चार साल हो गए हैं। मेरे भाई के लिए कारोबार ही सब कुछ है। वह सिर्फ़ एक ही धर्म को मानता है—पैसा! वह मुझे ना नहीं कहेगा। बाक़ी बचीं बहनें। तुम जानती हो? बड़ी मेनका का ब्याह एक सरदार जी के साथ हुआ है। और छोटी डिम्पी एक अमेरिकन के साथ शादी करके अमेरिका में बस गई है। धर्म के नाम पर हमारे सामने कोई रुकावट आ ही नहीं सकती है। अब, तुम्हारे घरवाले..."

"फॉरगेट इट! तुम्हें पता है, मेरा कोई नहीं है।" आग्नेलिया ने निश्चिन्त होकर कहा।

लेकिन दिन बीतते जा रहे थे। सच में अगर विनोद के जीवन में कल कोई दूसरी आ गई तो? पुरुष ज़ात है, बदल जाने में देर नहीं लगेगी।

अमीर के घर में बहू बनकर जाने का आग्नेलिया का सपना सच होने जा रहा था। वह बीच में नहीं टूटना चाहिए। जल्दी कुछ करना पड़ेगा। पीछे लगना ही पड़ेगा।

ताज में खाना खाकर लौटते समय आग्नेलिया सोच में पड़ गई थी।

"डार्लिंग, तुम चुप क्यों हो?" बड़बड़ करते जा रहे विनोद ने पूछा।

ज़रा-सा हिचकिचाते हुए आग्नेलिया ने मुँह खोला, "विनोद, हाउ लॉन्ग विल दिस गो ऑन? मुझे तुम्हारी ज़रूरत है...और कितने दिनों तक मैं अकेली रहूँ?"

आग्नेलिया के साथ हँसी-मज़ाक़ करने के इरादे से विनोद कुछ कहने जा रहा था। लेकिन उसके चेहरे के गम्भीर भावों को देखकर उसने तेवर बदल दिया। "नेलिया मुझे भी तुम्हारी ज़रूरत है। आई एम ओनली वेटिंग फॉर ऐन ऑपरचुनिटी।"

"लेकिन कब तक, विनोद? क्या सचमुच तुमने इस बारे में सीरियसली सोचा है?"

"दिन-रात उसी के बारे में सोचता हूँ मैं। लेकिन..."

"लेकिन क्या?"

"तुम जानती हो, विराट मेरा बड़ा भाई है। उसकी अभी तक शादी नहीं हुई है। इसलिए अपनी शादी की बात निकालना मेरे लिए मुश्किल हो रहा है।"

लम्बी साँस छोड़ते हुए आग्नेलिया चुप हो गई। उस साँस की आवाज़ विनोद ने भी सुनी। वह बड़ा बेचैन हुआ।

आग्नेलिया को उतारते समय विनोद ने उसका हाथ दबाते हुए कहा, "नेलिया डार्लिंग, प्लीज़, थोड़े दिन रुक जाओ, इसमें से रास्ता निकाल लेंगे। एंड इट वुड नॉट बी लॉन्ग! अब, अ स्माइल, प्लीज़!"

आग्नेलिया मुस्कुराई। 'गुडनाइट' कहकर उतर गई। गाड़ी दूर जाने तक वहीं खड़ी रहकर उसे 'बाय बाय' करती रही। अपने फ़्लैट में आ गई और निढाल होकर सोफ़े पर पसर गई।

विनोद ने कहा था—इट वुड नॉट बी लॉन्ग। मतलब थोड़े ही दिनों की बात है। और फिर वह एक अमीरज़ादे की बीवी बनकर बँगले में रहने जाएगी। पॉश जीवन जिएगी। बेफ़िक्र होकर पैसे ख़र्च करेगी। नई ज़िन्दगी—जहाँ कल की चिन्ता नहीं सताएगी।

गुज़रे हुए कल के मुक़ाबले आनेवाला कल हसीन लगने लगा था।

वो बचपन...।

किसी को बताने पर भी यक़ीन नहीं होगा...।

आग्नेलिया को पिता की ठीक-ठीक याद नहीं है। जब फिलिप कुवैत गया था तब वह ग्यारह साल की थी। कुछ धुँधली-सी याद अगर किसी चीज़ की थी तो जाते समय पिता ने माँ के साथ जो झगड़ा किया था उसी की थी। उसने माँ को बताए बिना उसके सोने के दो कंगन बेचकर जाने के ख़र्चे का इन्तज़ाम किया था। माँ ने फिर बड़ा हंगामा किया था। फिलिप ने पहले समझा-बुझाकर

कहा कि 'जाने के लिए पैसों की ज़रूरत थी इसीलिए कंगन बेच दिए। वापस आते समय दो की बजाय चार कंगन ले आऊँगा...'

लेकिन माँ सुनने की मन:स्थिति में नहीं थी। आख़िर फिलिप ने ग़ुस्से में आकर उसके गाल पर एक झन्नाटेदार थप्पड़ रसीद कर दिया था। उसकी याद आग्नेलिया के दिलो-दिमाग़ में मज़बूती से चिपककर बैठ गई थी।

पिता के कुवैत जाने के बाद घर की स्थिति में जो बदलाव आया उसे आग्नेलिया नहीं भूल सकती थी। कुवैत से आनेवाले पैसों का माँ ने छह महीनों तक इन्तज़ार किया। लेकिन एक फूटी कौड़ी तक नहीं पहुँची। उधारी बढ़ने लगी थी। क़र्ज़े लिए और जब लेनदार तक़ाज़ा करने लगे तब गहने बेचकर क़र्ज़े उतारने पड़े।

माँ आसपास के घरों में काम करने जाने लगी और एक दिन आग्नेलिया को भी पड़ोसन के घर मदद करने भेज दिया। रसोई में सामान की कमी सताने लगी। ज़िन्दगी की बदहाली शुरू हो गई थी। लेकिन बाप की कोई ख़बर नहीं मिल पाई। कहाँ है, क्या काम कर रहा है कुछ भी पता नहीं था। एक ही आस थी, फिलिप एक दिन आएगा—ढेर सारा पैसा लेकर आएगा।

हाँ, पैसों की सख़्त ज़रूरत थी। नए कपड़ों की ज़रूरत थी। आग्नेलिया को ड्रेस छोटे पड़ने लगे थे। बढ़ती उम्र होने के कारण अब उसका बदन गठा एवं गदराया हुआ था। पर बदन ढकने के लिए कपड़े तक नहीं थे।

इन दिनों पास में पैसे न होने के कारण राशन कार्ड भी बेकार हो गया था। बढ़ती उम्र के कारण भूख भी ज़बरदस्त लगती थी। पेटभर खाने-पीने के लिए पैसों की सख़्त ज़रूरत थी।

लेकिन चार साल बीत गए फिर भी न बाप आया, न ही पैसे आए।

एक दिन आग्नेलिया स्कूल से घर वापस आई तो देखा कि माँ ने थाली में चावल और करी परोस रखी थी। उसने जाकर हँडिया में देखा। चावल बहुत कम बचे थे। पेट में आग भभक उठी थी। ग़ुस्से से आँखों में पानी आने लगा। आग्नेलिया ने ज़ोर से किताबें पटक डाली और पहले एक गिलास पानी गटागट पी लिया। थाली पास सरकाई। आधी कलछी फिश करी उस थालीभर परोसे हुए चावल के लिए काफ़ी नहीं थी। लेकिन घर की बदहाली का ख़याल

करके उसने आँसू पीकर खाना शुरू किया। अभी पहला निवाला मुँह में रखा ही था कि लापीट पूँछ हिलाते हुए अन्दर आ गया।

वह निवाला आग्नेलिया के गले में ही अटक गया। दो दिनों से लापीट को खाना नहीं दिया था। पिछले छह महीनों से एकदम दुबला होता जा रहा था। जब फिलिप उसे लेकर आया था तब वह नवजात पिल्ला था। लापीट नाम भी उसी ने रखा था। दो सालों के भीतर बाघ-सा बढ़ गया था। दरवाज़े पर किसी को खड़े रहने नहीं देता। घरवालों पर जान छिड़कता था। लेकिन पिछले एक साल से उसे पेटभर खाना नसीब नहीं हो रहा था। नासपीटा किसी पड़ोसी के घर भी नहीं फटकता था।

कूँ-कूँ कर पूँछ हिलाते हुए लापीट आग्नेलिया की बग़ल में आ गया। कमर हिलाते हुए उसके पैर सूँघने लगा। एक पल के लिए उसे एक निवाला देने का विचार आग्नेलिया के मन में आ गया। लेकिन पेट में आग तांडव कर रही थी। आग्नेलिया ने उसे धकेल दिया। बाहर निकालकर दरवाज़ा बन्द किया। आँसू रोकने की कोशिश करते हुए खाना निगलने लगी। आख़िरी दो कौर बाक़ी रखे और बाहर जाकर कुत्ते के सामने डाल दिए। पलक झपकते ही लापीट ने झटपट खाकर साफ़ किए, चाट-चाटकर दाना तक नहीं छोड़ा।

अगर ये सब ऐसे ही चलता रहा तो फ़ाक़े की नौबत आ जाएगी, इस बात को आग्नेलिया समझ गई। अगर कल के लिए पेटभर खाने का इन्तज़ाम करना है तो फिर कलेजे पर पत्थर रखना ही होगा।

आग्नेलिया ने लापीट के गले में रस्सी बाँधी। और उसे लेकर वह चलने लगी। चलती रही। घंटा, सवा घंटा चलती रही। कोई आसपास नहीं है यह देखकर उसने एक पेड़ से वह रस्सी बाँध दी। लापीट की कूँ-कूँ उससे बरदाश्त नहीं हो रही थी। उससे मुँह मोड़कर जाते हुए दूसरे रास्ते से वह घर पहुँच गई थी।

इतना चलने के बाद वह थक गई थी। ज़बरदस्त भूख लगी थी। गट-गट पानी पी गई। लेकिन पेट का गड्ढा बढ़ता जा रहा था। बेचैनी को भगाने के लिए आग्नेलिया ने किताबें उठाई। सुबह पढ़ाया गया 'लेसन' खोला और वह पढ़ने लग गई। लेकिन भूख उसकी अँतड़ियों को कोंचने लगी थी। उसने

ज़ोर-ज़ोर से पढ़ना शुरू किया। ज़ोर से पढ़े जा रहे शब्द कानों में पड़ने लगे थे। उनकी एक लय तैयार हो गई। आग्नेलिया अनजाने में डोलने लगी। डोलते-डोलते गोल घूमने लगी।

"अब बस करो। ये लो और सो जाओ। रात हो गई।"

माँ ने जो माँड़ पीने को दिया था उसे गटककर आग्नेलिया वहीं लेट गई। इतना थक गई थी कि उसे गहरी नींद आ गई।

दूसरे दिन टीचर ने उसे उतनी शाबाशी दी जितनी पहले कभी नहीं दी थी। सभी सवालों के जवाब उसने फटाक से दे दिए थे। पूरा पाठ उसे ज़बानी याद हो गया था।

फिर ये रोज़ का क़िस्सा हो गया। पेट की भूख भूलने के लिए आग्नेलिया ज़ोर-ज़ोर से पाठ याद करने लगी। और टीचर कहती, कुछ सीखो आग्नेलिया से, कितना अच्छा 'बाईहार्ट' करती है...

माँ मेहनत कर रही थी। किसी तरह घर चला रही थी। लेकिन दो समय का खाना छोड़कर तीसरी चीज़ घर में नहीं आ पाती थी। फिलिप का कोई भाई नहीं था। लेकिन बहन थी जो पास की बस्ती में ही ब्याही गई थी। लेकिन संकट की घड़ी में कोई किसी की मदद करने नहीं आता था। किसी भी रिश्तेदार ने आकर अपनेपन से उनकी ख़बर तक नहीं ली थी। लेकिन माँ ने हिम्मत नहीं हारी थी। जी-तोड़ मेहनत करती जा रही थी।

आग्नेलिया की बढ़ती उम्र अब आँखों में गड़ने लगी थी। शरीर के कपड़े बढ़ते अंगों को ढकने में कम पड़ रहे थे। वह महसूस करती थी कि किसी अजनबी की नज़र धीरे से उसके शरीर से होकर गुज़रती है और यह समझते ही वह शर्म से पानी-पानी हो जाती थी। 'नए कपड़े सिलवा दो' माँ से यह कहने के लिए ज़बान नहीं खुलती थी।

पड़ोस की जुजेफिना की शादी पास आ रही थी। शादी में जाने के लिए उसके पास कपड़े नहीं थे। रोझी का भाई जॉन आग्नेलिया का क़रीबी था। एक दिन लाज-शर्म पीछे रखकर आग्नेलिया ने उससे कहा, "जॉन, शादी में जाने के लिए मेरे पास कपड़े नहीं हैं। मुझे दो मीटर कपड़ा लाकर दोगे? मैं पड़ोसन से सिलवा लूँगी।"

"मैं तुम्हें ला दूँगा। लेकिन तुम मुझे क्या दोगी?" उसने पूछा।

"पापा के आते ही तुम्हारे पैसे पहुँचा दूँगी। प्लीज़।"

जॉन हँसने लगा। "पैसे नहीं चाहिए। मेरे साथ डांस करना पड़ेगा आँ!"

आग्नेलिया शरमा गई। "मुझे डांस नहीं आता।"

"मैं सिखाता हूँ तुम्हें।" जॉन ने कहा और यह देखकर कि कोई नहीं देख रहा है उसने आग्नेलिया के शरीर पर उस जगह पर चिकोटी काट ली जहाँ उसे हाथ नहीं लगाना चाहिए था।

आग्नेलिया घबरा गई। शरीर काँपने लगा। एक अनाम डर से वह पूरी तरह ठंडी पड़ गई। और फिर जॉन की नज़र से नज़र मिलाए बिना पीछे घूमकर वह दौड़ पड़ी और सीधे घर जाकर माँ की गोद में मुँह छिपा लिया।

"क्या हुआ बेटी?" माँ ने चिन्तित होकर पूछा।

आग्नेलिया चुप रही। क्या बताती? लेकिन घुटन बढ़ रही थी। उसने हिचकते हुए टूटी-फूटी बात बता दी। "रोझी का भाई जॉन...मुझे कपड़े चाहिए कहा...तो...वह...वह..."

बिन बताए माँ समझ गई।

"देखो बाई, ये लोग ऐसे ही हैं। एक हाथ से देते हैं। दूसरे हाथ से लेते हैं। इन जैसों से दूर रहना सीखो।" माँ ने समझाया।

"माँ," आग्नेलिया ने शान्त होकर कहा, "मैंने उससे सिर्फ़ दो मीटर कपड़ा माँगा था। और पापा के आने के बाद पैसे दे देने की बात कही थी।"

इतने में बाहर शोर सुनाई दिया। देखा तो टेलिग्राम लेकर पोस्टमैन आ गया था।

"कहीं पापा के आने की ख़बर तो नहीं लाया है...," यह सोचते हुए आग्नेलिया के पीछे-पीछे माँ भी बाहर आ गई। पापा आया तो नए कपड़े आ जाएँगे, पैसे आएँगे, लाचारी ख़त्म होगी इस तरह के उत्साह भरे ख़यालों के साथ आग्नेलिया ने टेलिग्राम ले लिया।

"सॉरी, बाई, ख़बर अच्छी नहीं है," पोस्टमैन ने काग़ज़ पर उसके दस्तख़त लेकर कहा।

"फिलिप ब्रागांझा एक्स्पायर्ड बॉडी सेंट बाई एयर।"

दूसरे दिन फिलिप की लाश पहुँच गई। कितना बड़ा सदमा था! इंतेर (अन्तिम संस्कार) कराने तक के लिए माँ के पास पैसे नहीं थे। उस समय शराबख़ाने वाला सान्तान फ़रिश्ते की तरह मदद के लिए पहुँच गया। उसके दिए हुए पैसों से अन्तिम क्रिया हो गई थी।

और फिर सान्तान रोज़ आने लगा। पहले-पहले आग्नेलिया के स्कूल जाने के बाद और बाद में किसी भी समय।

शुरू में आग्नेलिया को सान्तान पर बड़ा ग़ुस्सा आता था। लेकिन जब से उसने आना शुरू किया था तब से उनकी बदहाल ज़िन्दगी में आ रहा बदलाव नज़रअन्दाज़ नहीं किया जा सकता था।

माँ ने सच ही कहा था। "ये लोग ऐसे ही हैं। एक हाथ से देते हैं और दूसरे हाथ से लेते हैं।" पर जो भी हो, एक समय का भरपेट खाना कम-से-कम मिलने लग गया था।

स्कूल की पिकनिक बोंडला, मयें जानेवाली थी। पिछले तीन सालों से आग्नेलिया पिकनिक पर नहीं गई थी और इस साल भी जाने के आसार नज़र नहीं आ रहे थे। उस दिन स्कूल छूटते ही फ्रैंडी ने उसे रोकते हुए पूछा, "आग्नेलिया, तुमने पिकनिक के लिए नाम नहीं दिया है?"

"नहीं।"

"क्यों? अरे आओ ना! अगले साल एस.एससी. है। फिर कहाँ जाने का मौक़ा मिलेगा?"

पलभर के लिए झिझकने के बाद आग्नेलिया ने जो सच था वह कह दिया, "मैं पन्द्रह रुपये नहीं भर सकती हूँ क्योंकि मेरे पास उतने पैसे नहीं हैं।" और सिर नीचे किए वह चली गई।

फ्रैंडी क्लास मॉनिटर था। दूसरे दिन उसने पिकनिक पर जानेवाले बच्चों की लिस्ट आग्नेलिया को दिखाई। उसमें आग्नेलिया का नाम लिखा देखकर वह हैरान हो गई। इस बारे में वह कुछ पूछे इससे पहले ही फ्रैंडी ने साफ़ कह दिया।

"नो क्वैश्चंस। पैसे मैंने भर दिए हैं। तुम्हें आना ही पड़ेगा।"

दरअसल आग्नेलिया को तो पिकनिक पर जाना ही था। फ्रैडी द्वारा पैसे भर दिए जाने की वजह से वह ख़ुश हुई थी।

"थैंक्यू फ्रैडी," उसने दिल से कहा। माँ की दो नई साड़ियाँ थीं। ज़ब से विधवा हुई थीं तब से उन रंगीन साड़ियों को नहीं पहनती थीं। आग्नेलिया ने उन दो साड़ियों को काटकर उनके दो ड्रेस सिल लिये थे। उनमें से एक ड्रेस को पहनकर वह पिकनिक पर गई थी। बहुत मस्ती की थी। टीचरों के साथ किया हुआ हँसी-मज़ाक़, लड़कों के साथ की हुई थोड़ी दिल्लगी और साथी लड़कियों के साथ की हुई मीठी-सी राज़ वाली बातें...। आग्नेलिया बहुत ख़ुश थी।

पिकनिक से वापस पहुँचने में बड़ी देर हो गई। साढ़े सात बजे जब बस स्कूल के पास पहुँची तब कई बच्चों के घरवाले उन्हें लेने आए थे। जिनके नहीं आ पाए थे उन्हें घर छोड़ने के लिए उनके साथ कई टीचर और ज़िम्मेदार विद्यार्थी चले गए। फ्रैडी ने कहा कि आग्नेलिया को वह घर छोड़ देगा।

"पिकनिक अच्छी हुई ना?" फ्रैडी ने रास्ते में पूछा।

"हाँ। आई एंज्वायड इट। और थैंक्यू, तुम्हारी वजह से ही मैं जा पाई।"

"रुको, हम शॉर्टकट ले लेते हैं।" फ्रैडी ने कहा और आग्नेलिया का हाथ पकड़कर वह उसे एक कच्चे रास्ते की ओर ले गया।

वहाँ पर नज़र दौड़ाते हुए आग्नेलिया ने पूछा, "ये शॉर्टकट है?"

आग्नेलिया का हाथ दबाते हुए फ्रैडी ने कहा, "हाँ, हमें क़रीब लाने वाला।"

और फिर अपने आप दोनों के क़दम धीमे हो गए। फ्रैडी का हाथ उसके कन्धे पर पहुँच गया। और कन्धे से उतरकर नीचे आया।

आग्नेलिया को पलभर के लिए लगा कि उसे रोक दे। लेकिन इसी फ्रैडी की वजह से तो वह पिकनिक पर जा पाई थी। उसके एहसान को कैसे भूल सकती थी?

जब फ्रैडी ने उसे दरवाज़े तक छोड़ा तब तक आठ बज चुके थे। माँ को पता चला तो हंगामा खड़ा कर देगी इस ख़याल से आग्नेलिया ज़रा डर गई।

अन्दर जाकर देखा तो माँ की कोई हलचल सुनाई नहीं दी।

पलभर के लिए आग्नेलिया घबरा गई। माँ उसे ढूँढ़ने स्कूल तो नहीं गई? इतने में उसकी नज़र पलंग पर अस्त-व्यस्त गिरी हुई माँ पर पड़ी। क्या हुआ उसे, यह सोचते हुए डरी हुई आग्नेलिया माँ के पास गई तो अचानक शराब की बदबू नाक में घुस गई। माँ शराब के नशे में धुत्त होकर पड़ी हुई थी।

सान्तान बारवाला जब से माँ के क़रीब आया था तब से वह थोड़ा-थोड़ा पीना सीख गई थी। एक दिन इस बारे में जब आग्नेलिया ने पूछा था तब उसने कहा था, "हाँ, मैंने शराब पी है। बरदाश्त करना जब मुश्किल हो जाता है तब पीनी पड़ती है। तुम नहीं समझोगी इसे।"

माँ को कुछ बता सके उतनी बड़ी उम्र उसकी नहीं हुई थी। सान्तान का आना आग्नेलिया को अच्छा नहीं लगता था। लेकिन उसके बग़ैर चूल्हा नहीं जल पाएगा इस बात को भी वह जानती थी। इसके बावजूद उसे बताए तो कैसे बताए यह उसकी समझ में नहीं आ रहा था।

पिता सही होता तो ये हालात नहीं होते यह उसकी समझ में आ रहा था। लेकिन अब कोई उपाय नहीं था। उसने कुवैत में क्या किया? कितना कमाया? कैसे मरा? कुछ भी ठीक से पता नहीं चल पाया। एक हादसे में मर गया बस इतनी ही ख़बर आई थी। लेकिन कैसा हादसा? काम करते हुए हुआ? या बाहर घूमते हुए? कुछ भी पता नहीं चल पाया था। और अब जानकर क्या होगा यह सोचकर किसी ने कोई ख़बर भी नहीं दी थी।

एस.एससी. में जाने तक फ्रैडी उससे मिलता रहा। बहाने बनाकर उसे तोहफ़े देता रहा। मौक़ा देखकर उससे सटता, दबाता। पर जितना लेता था उससे कई गुना ज़्यादा देता था। उसका पिता दुबई से जो सेंट की बोतलें लेकर आया था उनको उसने आग्नेलिया को दे दिया था। बर्थ डे का बहाना बनाकर ड्रेस के लिए कपड़ा दिया था। मई महीने में कोलवा जाते समय उसे जूते ख़रीदकर दिए थे और एक बार आग्नेलिया को फ़िल्म दिखाने ले गया था। एक बार डांस के लिए लेकर गया था। अप्रैल-मई में चार-पाँच बार कोलवा बीच घुमा

लाया था। और बीच-बीच में मौक़ा देखकर शाम की सैर के बहाने शॉर्टकट वाली जगह पर ले गया था।

फ्रैडी अमीर बाप का बेटा था। शायद उसके साथ शादी भी कर सकता है ऐसा आग्नेलिया को लगता था। स्कूल के बच्चे उसे फ्रैडी के नाम से चिढ़ाने लगे थे। पड़ोस के लोग तक शक से देखने लगे थे। फ्रैडी भी 'माई गर्लफ्रेंड' कहकर अपने दोस्तों से उसका परिचय कराता था। लेकिन एक दिन...

मई महीने का आख़िरी इतवार। फ्रैडी ने उसे साढ़े पाँच बजे कोलवा बीच पर बुलाया था। पिछले सात-आठ दिनों से वह नहीं मिला था इसलिए उससे मिलने के लिए उत्सुक होकर आग्नेलिया कोलवा गई थी। पुल के पास पहुँचकर जब वह फ्रैडी को ढूँढ़ने लगी तब अचानक माइकल सामने आ गया।

"हाय आग्नेलिया, फ्रैंडी ने कहा है कि वह नहीं आ पाएगा। इसलिए मैं आ गया हूँ।"

आग्नेलिया को फ्रैडी पर बहुत ग़ुस्सा आया।

"कम ऑन आग्नेलिया, ज़रा एक चक्कर लगाते हैं। आई वांट टु टॉक टु यू।"

दरअसल आग्नेलिया को माइकल के साथ नहीं जाना था। माइकल फ्रैडी का अच्छा दोस्त भले रहा हो लेकिन आग्नेलिया को वह पसन्द नहीं था। लेकिन ख़ास फ्रैडी से मिलने कोलवा आने के बाद भी उसके न मिलने के कारण एक ख़ालीपन-सा महसूस हो रहा था। उलझा हुआ सा मन लेकर वह माइकल के साथ समन्दर किनारे चली गई।

"देखो आग्नेलिया, इसके आगे फ्रैडी तुमसे नहीं मिल पाएगा। फ्रैंकली कहूँ तो, उसने दूसरी गर्लफ्रेंड बनाई है। लेकिन तुम नाराज़ मत होना। मैं तुम्हारा फ्रेंड बनता हूँ।"

आग्नेलिया सुनती रह गई। उसके क़दम रुक गए। माइकल एकदम उत्साहित होकर कहने लगा, "फ्रैडी ने मुझे सब बताया है। और अगर तुमने मेरे साथ फ्रेंडशिप बनाई तो उसे ग़ुस्सा नहीं आएगा, उसी ने मुझसे कहा है, और..."

आग्नेलिया के बरदाश्त के बाहर हो गया। "बस। मैं जा रही हूँ।" यह कहकर वह मुड़ गई।

"ठहरो आग्नेलिया। देखो, मैं तुम्हारे लिए प्रेज़ेंट लेकर आया हूँ।" और उसने अपने हाथों में पकड़ा हुआ एक महँगा पर्स उसे देने के लिए आगे बढ़ाया।

आग्नेलिया की आँखें आग बरसाने लगीं।

"तुम समझते क्या हो मुझे? मैं क्या इतनी गई-गुज़री हूँ?" आग्नेलिया ने पर्स को फेंकते हुए कहा।

माइकल भड़क गया। "तुम क्या हो ये फ्रैडी ने सबको बता दिया है। तुम अगर मेरी फ्रेंड बनती हो तो मैं भी जो माँगोगी तुम्हें दे दूँगा..."

आग्नेलिया के मुँह से जवाब नहीं निकल पाया। वह मुड़ गई और पैर पटकती हुई चली गई।

"ये लोग ऐसे ही हैं। एक हाथ से देते हैं, दूसरे हाथ से लेते हैं।"

आग्नेलिया का दिमाग़ ठिकाने पर आ गया। वह समझ गई कि उसने जितना लिया उससे ज़्यादा गँवा दिया था। लम्पट नौजवानों की नज़रें पहचानना वह सीख गई थी। उनसे चार हाथ दूर रहने का उसने निश्चय किया।

एस.एससी. का साल होने की वजह से पढ़ाई पर ध्यान केन्द्रित करना आसान हो गया। शुरू में कुछ लड़के-लड़कियाँ उसका मज़ाक़ उड़ाते थे। लेकिन फ्रैडी से रिश्ता तोड़ने के बाद पिछले छह-सात महीनों से आग्नेलिया का नया रूप देखकर उनके मुँह भी धीरे-धीरे बन्द हो गए थे।

माँ का पीना दिन-ब-दिन बढ़ने लगा था। एक दिन जब वह मर जाएगी तब मैं अनाथ हो जाऊँगी, इस ख़याल ने उसे सचेत किया। देह को बेचकर पेट भरने की नौबत नहीं आनी चाहिए। इसलिए जितना हो सके उतना पढ़ना ज़रूरी था। अच्छे मार्क्स की मदद से स्कॉलरशिप या फ्रीशिप मिल सकती है। यह सोचकर आग्नेलिया पढ़ाई में जुट गई। उसकी स्मरणशक्ति मूलतः अच्छी थी। उसे मेहनत का साथ मिल गया। आग्नेलिया को स्कूल में स्कॉलर के रूप में जाना जाने लगा।

परीक्षा का फ़ॉर्म भरने के लिए पैसों की ज़रूरत थी। माँ के पास कुछ भी नहीं था।

"माँ, क्या मैं सान्तान अंकल से पैसे माँगूँ?"

दूसरा उपाय नहीं सूझ रहा था। दोपहर का डेढ़ बज चुका था। शराबख़ाना बन्द करने का समय हो गया था। आग्नेलिया सीधे सान्तान के शराबख़ाने पर चली गई। देखा, खिड़की के पास दो लोग शराब पी रहे थे। वह पीछे की तरफ़ चली गई। दरवाज़ा बन्द था। दरवाज़ा धकेलते हुए उसने सान्तान को पुकारा।

"अरे, आग्नेल बेटी, आओ। क्या हुआ?"

"अंकल, मुझे एस.एससी. का फ़ॉर्म भरने के लिए पैसे चाहिए।"

सान्तान आग्नेलिया को देखता रह गया। इतने में बाहर से किसी ने पुकारा।

"ठहरो हँ! ग्राहक को देखकर आता हूँ। यहाँ बैठो।"

आख़िरी ग्राहक को विदा करके सामने का दरवाज़ा बन्द कर उसने पूछा, "कितने?"

"पचास रुपये।"

"आओ, पहले तुम्हारी ज़रूरत को देखते हैं।" ऐसा कहते हुए वह आग्नेलिया को अन्दर लेकर चला गया। जाते-जाते उसने आग्नेलिया को पास खींचा और धीरे से शरीर पर हाथ फेरा।

आग्नेलिया उस स्पर्श को पहचान गई। उसने झट से उसे धकेल दिया। ग़ुस्से और डर के मारे काँपते हुए वह पीछे मुड़ गई। और पिछला दरवाज़ा खोलकर भागते हुए घर पहुँच गई।

आते ही पलंग पर लुढ़क गई और ज़ोर-ज़ोर से रोने लगी।

माँ दौड़ी-दौड़ी पास आई, "क्या हुआ? क्या उसने देने से मना किया?"

इतने में सान्तान ही अन्दर आ गया। "अरे, मैं तो बस उससे ज़रा मज़ाक़ कर रहा था। बेवजह नाराज़ हो गई। रहने दो। उससे और कुछ मत पूछो। ये लो पचास रुपये। उसका एग्ज़ाम अच्छे से जाना चाहिए।"

यह कहते हुए पचास रुपये माँ के हाथ में थमाकर सान्तान चला गया।

इस घटना से आग्नेलिया एक बात सीख गई थी। पैसों के बिना इनसान का कोई मूल्य नहीं है। ये अभावभरी ज़िन्दगी, अधीनता, सिर्फ़ ग़रीबी की वजह से है। आनेवाली ज़िन्दगी को अगर ख़ुशनुमा बनाना है तो फिर बड़े घर में जाने के सपने देखने होंगे। और अगर बड़े घर में जाना है तो अभी से सँभलकर रहना पड़ेगा। उस हिसाब से रहन-सहन रखना पड़ेगा। आँखें खुली रखकर बरताव करना पड़ेगा।

एस.एससी. में स्कूल में ही नहीं बल्कि पूरे गाँव में उसने पहला नम्बर पाया था। पंचायत ने उसे स्कॉलरशिप दी। पड़ोसन ने कुछ पैसे उधार दे दिए और कॉलेज का एडमिशन हो गया।

शिक्षा पटरी पर आ गई। लेकिन घर की परिस्थिति बिगड़ती जा रही थी। सान्तान का माँ से जी भर जाने के कारण उसका आना बन्द हो गया था। माँ को शराब की लत लगने की वजह से अब उससे काम नहीं हो रहा था। और काम करने के बाद जो दो-चार पैसे मिलते थे वे शराब में बह जाते थे। आग्नेलिया सूखने लगी। और अचानक...

वह कॉलेज के लिए तैयार हो रही थी। माँ चूल्हे पर चावल के लिए पानी रखकर बाहर काम पर गई थी। कल की बची हुई करी बाहर निकालकर आग्नेलिया ने गरम की। चावल बनाया। थोड़ी-सी करी अपनी तश्तरी में ली। आज अगर करी ख़त्म की तो कल केवल माँड़ मिल पाएगा। उसके बजाय तो...

आग्नेलिया ने माँ के लिए भी प्लेट निकाली। चावल परोसा। ऊपर करी डाली। बची हुई करी में थोड़ा पानी मिला दिया और बढ़ा दी। फिर से चूल्हे पर रखकर दुबारा उबाल दी और इस तरह ढककर रख दिया कि माँ की नज़र नहीं पड़े। निवाला मुँह में रखने जा ही रही थी कि बाहर से पोस्टमैन ने पुकारा। जूठा हाथ लिये ही आग्नेलिया बाहर निकल आई। फिलिप के मरने की ख़बर के बाद अभी तक उनके दरवाज़े पर पोस्टमैन का आना नहीं हुआ था। चकित होकर आग्नेलिया ने पूछा, "चिट्ठी है?"

"हाँ। लेकिन रजिस्टर्ड। माँ से कह देना कि पोस्टमास्टर ने बुलाया है।"

"क्या मैं नहीं आ सकती हूँ?"

"नहीं। उसके नाम पर है। उसी को आना पड़ेगा।" इतना कहकर पोस्टमैन चला गया।

आग्नेलिया को यों ही लगने लगा कि कुछ ग़लत होनेवाला है। कैसी चिट्ठी होगी? वह भी रजिस्टर्ड! कहीं सरकारी नोटिस तो नहीं है? या पंचायत की? ज़मींदार की?

आग्नेलिया ने जल्दी-जल्दी खाना ख़त्म किया और पड़ोसन के घर जाने के लिए जूते पहने। इतने में माँ आ गई। कुछ ज़्यादा बताए बिना वह माँ को साथ लिये पोस्ट ऑफ़िस में चली गई।

माँ ने दस्तख़त कर दिए और पोस्ट मास्टर से चिट्ठी ले ली। आग्नेलिया मुँह बन्द किए हुए थी। सारी उत्सुकता को दिल में दबाकर रखा था। लेकिन माँ से रहा न गया। उसने पोस्ट मास्टर से पूछा, "भैया, कहाँ से आई है ये चिट्ठी?"

"कुवैत से आई है।"

"कैसी ख़बर है?"

"पता नहीं। पढ़कर देखना।"

आग्नेलिया ने माँ का हाथ खींचा। और चिट्ठी लेकर सीधे घर आ पहुँची।

लिफ़ाफ़ा खोल दिया। अन्दर एक ड्राफ़्ट था। अस्सी हज़ार का। आग्नेलिया के दिल की धड़कनें रुक गईं। उसने फटाफट साथ आई चिट्ठी को खोल दिया। फिलिप के साथ हुए हादसे का केस वहाँ के कोर्ट में चल रहा था। और वहाँ के कोर्ट ने कम्पनी को नुक़सान की भरपाई करने का फ़रमान दे दिया था। उसी के अनुसार यह अस्सी हज़ार का ड्राफ़्ट आ गया था।

अचानक हाथ लगे पैसों से आग्नेलिया पागल नहीं हुई। उसने नए से ज़िन्दगी की योजना बनाई। माँ के साथ जॉइंट अकाउंट खोला। ड्राफ़्ट भर दिया। दरअसल अकाउंट खोलने के लिए ज़रूरी दस रुपये तक उनके पास नहीं थे। लेकिन आग्नेलिया ने ख़ास चुनकर अमीर घर की जो सहेलियाँ बनाई थीं वे इस वक़्त काम आ गईं।

घर के ख़राब हालात सुधरने के बाद माँ की शराब की लत छूट जाएगी

ऐसा आग्नेलिया को लगा था लेकिन ऐसा नहीं हुआ। उलटा, अब शराब ज़्यादा लगने लगी। और अगर शराब न पीती तो माँ से कोई भी काम न हो पाता।

ऊपर से पैसों के बारे में पता चलते ही रिश्तेदार खोज-ख़बर लेने आने लगे। फिलिप की बहन आकर पूछताछ करने लगी। लेकिन आग्नेलिया ने किसी को भी कोई जवाब नहीं दिया। माँ के लिए उसने एक नियम बनाया था। रोज़ चार रुपये उसे शराब के लिए मिल जाएँगे। लेकिन उसके ऊपर एक पैसा भी नहीं मिलेगा। किसी से उधार नहीं लेगी ना ही किसी को पैसे देगी। सारा हिसाब अपने हाथों में रखते हुए उसने आगे की योजना तय की थी।

यह गाँव—जिस गाँव ने उन्हें तड़पाया था; जिस गाँव के सान्तान बारवाले ने धेलाभर देकर मनभर लूटा था जिस गाँव में बासी करी को ख़त्म होने के डर से उबाल-उबालकर चार-चार दिनों तक खाया था; जिस कुत्ते को लाड़-प्यार से बड़ा किया उसे खाना न दे पाने के कारण मजबूरी में दूर ले जाकर छोड़ आना पड़ा था; छिछोरे, स्वार्थी जवान लड़कों की गन्दी हरकतों को सिर्फ़ ग़रीबी की वजह से बरदाश्त करना पड़ा था, उस गाँव की सभी कड़वी यादों को पोंछकर मिटा देने की ख़ातिर आग्नेलिया ने हमेशा के लिए गाँव छोड़कर चले जाने की तैयारी शुरू की।

माँ घर बेचने के लिए हाँ-ना कर रही थी। लेकिन एक दिन शराब का पैसा देना बन्द करने पर वह तैयार हो गई। कॉलेज की एक सहेली के पिता के मार्फ़त पणजी में सस्ते में एक वन बेडरूम फ़्लैट ख़रीदा और पणजी के कॉलेज में दाख़िला लिया।

एक होशियार और स्मार्ट लड़की के रूप में उसने पणजी में नाम कमा लिया। उसने सिर्फ़ चुनी हुई रईसज़ादी लड़कियों से ही दोस्ती की। पास आनेवाले लड़कों के साथ वह आसानी से घुल-मिल जाती। लेकिन किसी को नज़दीक आने नहीं देती। इनमें से एक भी उसका जीवनसाथी बनने में रुचि नहीं रखता है, इस सच्चाई को वह अच्छी तरह जानती थी। उसके इस व्यवहार का बड़ा अच्छा परिणाम हुआ। आग्नेलिया इनैक्सेसेबल के रूप में लड़कों के बीच मशहूर हो गई। अब ज़्यादा से ज़्यादा लड़के उसके साथ दोस्ती करने के लिए उत्सुक रहने लगे।

बी.ए. का रिज़ल्ट आ गया। उसी दिन आग्नेलिया की माँ का देहान्त हो गया। दो अच्छी घटनाएँ एक ही दिन हो गईं, इस बात से आग्नेलिया ख़ुश थी। दरअसल माँ का होना या न होना एक जैसा था। दिनभर शराब के नशे में धुत्त पड़ी रहती और जब नहीं पीती थी तब उसका दिमाग़ ठिकाने नहीं होता था। इंतेर के लिए पड़ोसी आ गए थे। अब आग्नेलिया अकेली हो गई, इस बात को लेकर कुछ लोगों ने चिन्ता जताई। लेकिन आग्नेलिया ने चैन की साँस ली थी।

आग्नेलिया को अब नौकरी की ज़रूरत थी। फ़्लैट लेने में और बाक़ी ख़र्चों में पैसे ख़त्म हो गए थे। आग्नेलिया ने अर्जियाँ भेजनी शुरू की और पहली कोशिश में ही नौकरी हाथ लग गई। एक राष्ट्रीय कम्पनी में जिसके अन्तर्गत कई फ़ाइव स्टार होटल आते थे, उसे पब्लिक रिलेशन ऑफ़िसर के रूप में चुना गया और एक महीने की ट्रेनिंग के लिए मुम्बई भेजा गया। मुम्बई की यह ट्रिप उसके जीवन को एक नए मोड़ पर लाकर रख देगी, इस बात की ज़रा भी भनक उसे नहीं थी।

आने-जाने के लिए कम्पनी ने हवाई जहाज़ के टिकट दिए थे। आते समय उसने विंडो सीट माँगकर ली थी। ऊपर बैगेज कम्पार्टमेंट में बैग रखकर वह बैठ गई। बग़ल की सीट ख़ाली थी। दरवाज़ा बन्द होने के समय पर एक नौजवान जल्दी-जल्दी ऊपर आ गया। सीट ढूँढ़ते-ढूँढ़ते आग्नेलिया के पास पहुँचा और नम्बर देखकर उसने आग्नेलिया को 'हैलो' कहा।

आग्नेलिया ने नज़र दूसरी तरफ़ घुमाई। उसने बैगेज कम्पार्टमेंट में हाथ डाला ही था कि आग्नेलिया का बैग फिसलते हुए उसके सिर पर आ गिरा। वह एकदम कराह उठा।

'सॉरी' कहते हुए आग्नेलिया ने बैग उठाया। वह एकदम झेंप गई। उसे अपराधबोध अनुभव हुआ।

"इट इज़ ऑल राइट," यह कहते हुए उसी ने आग्नेलिया से बैग ले लिया और ऊपर रखा और अपना सामान बग़ल वाले कम्पार्टमेंट में भर दिया।

"इट वाज़ क्वाइट हैवी।" माथा सहलाते हुए उसने हँसकर कहा।

"आइ एम सॉरी!" फिर एक बार आग्नेलिया ने माफ़ी माँगी।

"फ़ॉरगेट इट, आई एम विनोद जिवानी गोवा से हूँ। क्या तुम गोवा जा रही हो?"

"मैं भी गोवा से ही हूँ। आग्नेलिया। आग्नेलिया ब्रागांझा।" आग्नेलिया ने झिझकते हुए अपना परिचय दिया।

वह बहुत बोलता था। पर आग्नेलिया ने ज़्यादा ध्यान नहीं दिया। उतरते समय उसने कार्ड थमा दिया।

"अब गोवा में मिलते हैं। तुम्हारा फ़ोन?"

"आई एम सॉरी। घर में फ़ोन नहीं है। और मुझे अभी-अभी नौकरी मिली है। हमारा ऑफ़िस सिल्वर व्हेव्स होटल में है। पर मुझे फ़ोन नम्बर याद नहीं," आग्नेलिया ने कहा। इतनी नज़दीकी दिखाने की उसकी आदत आग्नेलिया को पसन्द नहीं आई।

"हाउ अबाउट अ लिफ़्ट?"

विनोद उसे लिफ़्ट देना चाहता था। लेकिन आग्नेलिया ने उसे मना कर दिया।

"नो, थैंक्स! मेरी फ्रेंड्स आनेवाली हैं।" और वह कोच में बैठकर पणजी आ गई।

'विनोद जिवानी।' पार्टनर—जिवानी एंड कम्पनी। उद्योगपति। कार्ड देखकर अन्दाज़ा हो गया था। कम्पनी बड़ी मशहूर थी। फिर भी उसने मन में सोचा कल जेस्सी से पूछ लूँगी। लेकिन दूसरे दिन वह पूछना भूल गई।

शाम चार बजे फ़ोन आया। ऑपरेटर ने कहा, "मि. जिवानी वांट्स टु टॉक टु यू।" ऑपरेटर की आवाज़ उत्तेजित हो उठी थी।

आग्नेलिया सचेत हो गई। अमीर बाप का बेटा है। सँभलकर रहना होगा।

"उससे कहो, मैं बिजी हूँ। कहना कि बाद में मैं ही फ़ोन कर लूँगी।"

ऑपरेटर ने उसी तरह बताकर फ़ोन रख दिया और उत्तेजित स्वर में कहा, "यू नो, मि. जिवानी इज़ अ फ़ेमस बिज़नेस मैन। तुम्हें उनके साथ बात करनी चाहिए थी।"

आग्नेलिया को ऑपरेटर पर ग़ुस्सा आ रहा था। पर वह चुप रही। उसने वापस विनोद को फ़ोन भी नहीं किया।

दूसरे दिन सुबह फिर से फ़ोन आ गया।

"आज शाम को फ्री हो क्या?"

"सॉरी।" कहकर उसने उससे पीछा छुड़ाया। बाद में जेस्सी से उसके बारे में जानने की कोशिश की। जेस्सी से कुछ भी पूछा जा सकता है। पूरा जवाब मिल जाता। विनोद जिवानी की पूरी जानकारी देते हुए जेस्सी ने कहा, "आग्नेलिया, इट लुक्स लाइक युअर आर इंटरेस्टेड इन हिम!"

"इट्'स अदरवाइज़।" आग्नेलिया ने कहा।

"ऐसा है तो उसे रोकना मत।" जेस्सी ने सलाह दी।

और फिर जब दूसरे दिन फ़ोन आया तब आग्नेलिया ने उससे मिलने के लिए हाँ कहा।

सपनों का राजकुमार आग्नेलिया को मिल गया था!

पहचान को प्यार में बदलने में देर नहीं लगी। दिन-ब-दिन वे पास आते गए। "तुम जानती हो आग्नेलिया, व्हाई आई लाइक यू? जो चीज़ मुझे कहीं और नहीं मिल पाती है वह तुम्हारे पास है।"

"मेरे पास जो है और नहीं है, वह सब तुम्हारे पास है। तुम्हें देने लायक क्या है मेरे पास?" आग्नेलिया ने पूछा।

"जो पैसों से नहीं ख़रीदा जा सकता—दिल से किया गया प्यार!" आग्नेलिया को विनोद की यह बात बचकानी लगी। मूर्खतापूर्ण। लेकिन वह गम्भीरता से बोल रहा था। शायद सच भी हो सकता था।

आग्नेलिया के हिसाब से उसकी इच्छा पूरी होने के रास्ते पर थी। अब आगे पैसों की बरसात, रहने के लिए बँगला, घूमने के लिए कारें, पहनने के लिए आए दिन नए कपड़े...

एक ही चिन्ता सता रही थी, विनोद मैरेज को आगे बढ़ाता जा रहा था।

आज विनोद मुझमें इंटरेस्ट ले रहा है। कल कोई और मिल जाने पर... फ्रैडी को वह भूल चुकी थी। लेकिन फ्रैडी ने जो ज़ख़्म दिया था उसका निशान

अभी मिटा नहीं था...सचेत तो रहना ही पड़ेगा। नहीं तो कल को विनोद, माइकल जैसे किसी आदमी को भेजकर यह कहने से पीछे नहीं हटेगा कि अब इससे प्यार करो।

वैसे विनोद भी शादी के लिए बड़ा बेचैन था। लेकिन विराट की शादी अभी तक नहीं हुई थी, इसलिए वह बात को आगे नहीं बढ़ाता था। इसका कुछ हल निकालना होगा। कुछ तो करना पड़ेगा।

सुबह ऑफ़िस पहुँचने में ज़रा देर हो गई। अन्दर पहुँचते ही ऑपरेटर ने कहा, "सुबह से आपके लिए दो बार फ़ोन आ चुका है मि. जिवानी का!"

रात को ही तो पहुँचाकर गया था। सुबह-सुबह ऐसी क्या जल्दी हो गई? कहीं शाम का प्रोग्राम तय करने के लिए तो नहीं? आग्नेलिया यह सब सोच ही रही थी कि जिवानी का फ़ोन आ गया।

"नेलिया, एक ज़रूरी काम के लिए आज मैं बॉम्बे जा रहा हूँ। फ़्लाइट शाम चार बजे है। मैं दो टिकट निकालता हूँ। तुम चलो मेरे साथ।"

विनोद यह मानकर चल रहा था कि वह हाँ कह देगी। आग्नेलिया सचेत हो गई। विनोद बढ़ती नज़दीकियों की वजह से 'पजेसिव' होता जा रहा था। और मुम्बई में जब दोनों अकेले होंगे तब शायद आग्नेलिया को 'सबमिट' होना पड़ जाता...

"सॉरी, विनोद, मेरे पास लीव नहीं बची है।"

"सिर्फ़ दो दिनों की ख़ातिर, नेलिया।"

"नहीं विनोद, मैं बार-बार लीव लेती हूँ इसलिए मैनेजर मुझसे पहले ही नाराज़ है।"

सच, इन दिनों आग्नेलिया काम पर भी ठीक से ध्यान नहीं दे पा रही थी और वह अपने काम को अच्छी तरह समय भी नहीं दे रही थी। इन दिनों चार्टर फ़्लाइट्स के आने की वजह से काम भी बढ़ा हुआ था। लेकिन विनोद सुनने के मूड में नहीं था। उसने फ़ोन नीचे रखा और सीधे जनरल मैनेजर को फ़ोन लगाया।

मैनेजर ने ठंडी आवाज़ में उससे कहा, "विद ड्यू रेस्पेक्ट फॉर यू, मि.

जिवानी, आप कह रहे हैं इसलिए मैं उसे लीव कैसे दे सकता हूँ? शी हैज नो लीव इन बैलेंस।"

विनोद भड़क उठा, "शी केयर्स अ फिग फॉर युअर जॉब!"

और फ़ोन काटकर विनोद सीधे जब होटल के ऑफ़िस में पहुँचा तब जनरल मैनेजर आग्नेलिया को काम और अनुशासन का महत्त्व कड़े शब्दों में समझा रहा था। विनोद के पहुँचने पर आग्नेलिया की हालत चोर-सी हो गई। जनरल मैनेजर भी ज़रा सकपका गया। विनोद बरस पड़ा। "टु हेल विद यू!" ऐसा कहते हुए उसने एक काग़ज़ खींच लिया। फटाफट चार शब्द लिख दिए और पेन और काग़ज़ आग्नेलिया के सामने रख दिया।

रेज़िग्नेशन! आग्नेलिया पलभर के लिए हिचक गई। लेकिन सिर्फ़ पलभर। इस पल विनोद को आग्नेलिया का पूरा सहयोग चाहिए था। आग्नेलिया ने फटाक से हस्ताक्षर किए। काग़ज़ मैनेजर को दे दिया और विनोद के हाथों में हाथ डालकर बाहर चली आई।

आग्नेलिया को लेकर विनोद सीधे जिवानी हाउस गया। आग्नेलिया पहली बार वहाँ आई थी। वह चार मालों वाली इमारत बाहर से जितना सुन्दर दिखती थी उससे कहीं ज़्यादा अन्दर से ख़ूबसूरत दिखती थी। तीसरे माले पर विनोद का केबिन था।

गर्दन नीचे झुकाए उसे ताकनेवाली नज़रों को पीछे छोड़ते हुए आग्नेलिया विनोद के पीछे-पीछे उसके केबिन में आ गई।

"अब यह केबिन तुम्हारा है। आज से तुम मेरी प्राइवेट सेक्रेटरी हो। तुम्हारे लिए यहाँ मेज़ का इन्तज़ाम करता हूँ।"

विनोद के पैर अभी तक ज़मीन पर नहीं आए थे। वह अभी भी उत्तेजित था। आग्नेलिया ने हल्के से मुस्कुराते हुए उसे पास खींचा। "भाई से नहीं पूछोगे?" उसे यह न लगे कि वह ताना दे रही है इसका ध्यान रखते हुए आग्नेलिया ने जानबूझकर प्रयासपूर्वक पूछा।

"यू आर राइट!" यह कहकर उसने इंटरकॉम का बटन दबाया।

"भैया, इफ़ यू आर नॉट बिजी, मुझे कुछ बात करनी है। इट्'स अर्जेंट। आऊँ?"

पूरा चौथा माला एयर कंडिशंड था और विराट के ऑफ़िस की सजावट आँखों में भरने लायक सुन्दर और स्तरीय थी। विनोद आग्नेलिया को लेकर जब केबिन के अन्दर पहुँचा तब विराट अपनी ओवल मेज़ के पीछे आराम से बैठकर आँखें बन्द किए सामने बैठी स्टेनो को चिट्ठी डिक्टेट कर रहा था। विनोद के अन्दर आते ही उसने इशारा किया। उसके साथ वह स्टेनोग्राफ़र काग़ज़ इकट्ठा करके बाहर चली गई।

विराट उठ गया और बग़ल के सोफ़े के पास आ गया। "मिस आग्नेलिया ब्रागांझा। विराट, मेरा भाई।" विनोद ने परिचय कराया।

विराट ने शिष्टाचार के नाम पर हाथ आगे बढ़ाया। विनोद को बैठने के लिए कह दिया और फिर ख़ुद बैठ गया।

विनोद ज़रा नर्वस-सा दिख रहा था। इसलिए आग्नेलिया का दिल भी ज़ोर से धड़कने लगा।

"अं...तुम...तुम्हें मैंने पहले ही बताया है। उसके उस मैनेजर ने...वह तंग करता है इसलिए उसने आज ही नौकरी छोड़ दी...मैंने ही कहा उसे..."

विनोद से तीन-चार साल तो बड़ा होगा विराट। क़द-काठी में विनोद जैसा ही। लेकिन चेहरा तेजस्वी और गम्भीर। नज़रें स्थिर। आत्मविश्वास से भरी हुईं।

विराट की नज़रों से नज़र मिलाने में विनोद को कष्ट हो रहा था। बीच में ही वह रुक गया।

"गो अहेड!" विराट ने कहा। आग्नेलिया को लगा, वह दबी-दबी मुस्कुराहट लिये विनोद पर हँस रहा था। उस पर तरस खाते हुए। तब तक साहस दिखाते हुए विनोद ने कह डाला, "आज से मैं इसे अपनी प्राइवेट सेक्रेटरी नियुक्त करता हूँ। ठीक है ना?"

पहली बार विराट ने आग्नेलिया को ध्यान से देखा। जैसे परख रहा हो और फिर अपनी स्वीकृति देते हुए सिर हिलाया।

"और कुछ?" विराट ने मुस्कुराते हुए पूछा।

"और कुछ नहीं। थैंक्यू!" कहकर विनोद झट से उठ गया। उसके पीछे आग्नेलिया भी बाहर निकल आई।

"युअर ब्रदर लुक्स सो यंग! वह इतने बड़े बिजनेस को सँभालता है इस

पर विश्वास नहीं हो रहा।" आग्नेलिया का जी हल्का हो गया था।

"डोंट गो बाई हिज लुक्स! ही इज़ अ वेरी प्रैक्टिकल मैन। वैसे वह बहुत सीधा है। लेकिन पैसों के आगे इनसान को नहीं पहचानता है।" विनोद ने भैया के बारे में अपनी राय प्रकट की। "और अब चलो। बॉम्बे जाने की तैयारी करो...अरे! भैया को बताना ही रह गया! जस्ट अ मिनट। बताकर आता हूँ।"

और आग्नेलिया की बात सुनने से पहले ही विनोद बाहर चला गया। आग्नेलिया मुम्बई जाना नहीं चाहती थी। अकेले साथ होने पर कुछ भी हो सकता था। और एक बार विनोद को जो वह चाहता था वह मिल जाता फिर उसके बाद आग्नेलिया के प्रति उसका आकर्षण कम होने की पूरी सम्भावना थी। इसका कोई हल ढूँढ़ना ही होगा...इतने में इंटरकॉम पर आवाज़ आई।

"मिस ब्रागांझा, आर यू देयर?" विराट बोल रहा था।

आग्नेलिया अकेली ही थी। पलभर के लिए उलझ गई।

"यस सर!"

"नाउ लिसन!" विनोद आज बॉम्बे जा रहा है। तुम्हें साथ ले जाना चाहता है। मैंने उसे एडवाइस दिया है कि मत लेकर जाना। यू डोंट एनकरेज हिम। उसे कारोबार की समझ नहीं है। काम बहुत ख़ास है। मैं जानता हूँ, तुम अगर साथ होगी तो वह काम के बारे में सोचना भूल जाएगा। डू यू अंडरस्टैंड?"

"यश...सर!" आग्नेलिया ने कहा।

"ऑल राइट। वह नीचे गया है। अब पहुँच जाएगा। याद रखना।" और आवाज़ बन्द हो गई।

आग्नेलिया को लगा जैसे उसके सिर से भारी बोझ हट गया हो। इतने में विनोद आ गया। "देम दैट विराट! अकेले जाने के लिए कह रहा है। कह रहा है कि काम बहुत ख़ास है...अनडिवाइडेड अटेंशन की ज़रूरत होगी।" विनोद झुँझलाता रह गया।

"विनोद, इस तरह नाराज़ मत होना।" और विनोद के कन्धे पर हाथ रखकर आग्नेलिया ने कहा, "इन अ वे, ही इज़ राइट! अगर मैं तुम्हारे साथ रहूँगी तो फिर—आई विल डिमांड अनडिवाइडेड अटेंशन।"

विनोद शान्त हो गया। "ठीक है... आई विल मिस यू! मीनवाइल, यहाँ तुम्हारे लिए मेज़ मँगवाई है और मेरे आने तक तुम ज़रा विराट के केबिन में बैठ जाना। उसी ने कहा है कि वह तुम्हें ब्रीफ़ करेगा। ऊपर से उसकी स्टेनो भी तुम्हारी हेल्प करेगी।"

साँप-सीढ़ी के खेल में आग्नेलिया को यह एक वरदान-सा मिला था जिसके कारण वह सीढ़ी से सीधे ऊपर पहुँच गई थी—अन्तिम घर—मंज़िल के पास। जिवानी एंड कम्पनी की अमीरी का स्पर्श अब उसे होने लगा था। नया ऑफ़िस, नए लोग...दो दिन तेज़ी से गुज़र गए।

बीच में विनोद का फ़ोन आया था। लेकिन विराट के सामने ही रिसीव करना पड़ा था इसलिए ज़्यादा कुछ बात नहीं हो पाई थी। वहाँ विनोद की कितनी बुरी हालत हुई होगी इसका आग्नेलिया को भलीभाँति अहसास था। और ठीक जिस दिन उसे वापस लौटना था उस दिन का प्लेन लेट हो गया था। विनोद के पणजी पहुँचने तक ऑफ़िस बन्द हो चुका था। इसलिए वह सीधे आग्नेलिया से मिलने फ़्लैट पर आ गया।

आग्नेलिया उसी का इन्तज़ार कर रही थी।

"ओह नेलिया, आई मिस्ड यू सो मच!"

"मी टू!" उसकी बाँहों में घुसते हुए आग्नेलिया ने कहा।

"काम ठीक से हो गया?"

"हाँ, उतना बुरा भी नहीं हुआ। भैया और दो दिन रुकने के लिए कह रहा था। लेकिन...आई कुड नॉट!" विनोद सेंटिमेंटल हो गया। "नेलिया, आई लव यू सो मच...तुम्हारे बग़ैर जीना अब मुश्किल है!"

विनोद का सेंटिमेंटलिज़्म आग्नेलिया को पसन्द नहीं था। अपनी संवेदनाओं, भावनाओं का आग्नेलिया ने बहुत कम उम्र में ही गला घोंट दिया था। अब सिर्फ़ दुनियादारी उसकी समझ में आती थी। विनोद का सेंटिमेंटलिज़्म बरदाश्त करने में व्यावहारिकता होने के कारण ही वह चुप रही।

"हम मिरामार चलें क्या?" आग्नेलिया ने पूछा।

"ओह यस! और ये देखो नेलिया, मैं तुम्हारे लिए कुछ लेकर आया

हूँ..." और विनोद ने पर्स में समा सकनेवाला एक पोर्टेबल टी.वी. आग्नेलिया के हाथ में रख दिया।

"थैंक्यू डार्लिंग!" लेकिन ये दिल से निकले हुए शब्द नहीं थे। थोड़े ही दिनों में वह मिसेज़ जिवानी बनने जा रही थी सो ऐसी चीज़ों का अब उसके लिए महत्त्व नहीं रह गया था।

रास्ते में रोज़ की तरह विनोद की बातें जारी थीं।

"बट फॉर माई ब्रदर, मैं तुम्हें मुम्बई लेकर जानेवाला था। बहुत मज़ा आ जाता।"

आग्नेलिया ने कुछ नहीं कहा।

"लेकिन मैं जानता हूँ, अगर तुम्हें साथ लेकर गया होता और काम बाक़ी है कहकर और एक दिन रुकना पड़ता तो फिर वह मुझे वापस बुला लेता। अब तुम साथ नहीं और काम बाक़ी रह गया था तो मुझे और दो दिन रुकने को कह रहा था भैया—जहाँ जाता हूँ मेरे रास्ते में आ जाता है।"

"लेकिन इसका क्या उपाय है? वह बड़ा भाई है। सारी अथॉरिटी उसके हाथ में है..." आग्नेलिया ने विनोद को वस्तुस्थिति से अवगत कराया।

"सच, डैडी ने सारे अधिकार विराट के हाथ में सौंपे हैं। बड़ा भाई होने के कारण...इफ़ ओनली आई वाज एल्डर!"

"ऑर द ओनली सन टु युअर फ़ादर!" आग्नेलिया ने सहजता से कहा।

विनोद एकदम सकते में आ गया। पलभर के लिए दुविधा में पड़ गया। आग्नेलिया को देखकर उसने मुँह खोला। फिर बन्द किया। फिर एक साँस छोड़ी और कहा, "अगर ऐसा हुआ होता तो मेरे जैसा सुखी और कोई नहीं होता।"

"अभी भी वैसे हो सकता है, तुम चाहो तो!" आग्नेलिया ने विनोद की ओर एकटक देखते हुए कहा। "आई मीन, कल अगर कोई एक्सिडेंट हुआ या फिर कुछ भी भला-बुरा..."

"पर...पर...दैट इज़ अ रिमोट पॉसिबिलिटी।" विनोद ने कन्धे उचकाते हुए कहा।

"ओह! विनोद। सब कुछ नसीब पर मत छोड़ो। मर्द आदमी के पास

गट्स होने चाहिए।" आग्नेलिया ने उसकी जाँघ पर हाथ रखकर उसे थपकाते हुए कहा।

"ऑफ़ कोर्स, मेरे पास गट्स है। लेकिन मेरे हाथ में क्या है?"

"है। लेकिन अगर मैंने तुम्हें पॉसिबिलिटीज़ बताईं तो तुम मुझसे नाराज़ हो सकते हो। यू मे इवेन हेट मी!" आग्नेलिया ने चतुराई से क़दम आगे बढ़ाया।

"सर्टेनली नॉट! यू आर अ जीनियस। तुम बताओ तो सही!" विनोद उत्तेजित हो उठा।

"विनोद, डोंट मिसअंडरस्टैंड मी! तुम्हारे बग़ैर जीना मुश्किल हो गया है इसलिए कह रही हूँ। अभी जब तुम बात कर रहे थे तभी सूझ गया मुझे। यू मे कॉल इट अ कॉन्सपिरेसी।"

"अरे बाबा, मैं कुछ नहीं कहूँगा। तुम बताओ। प्लीज़ गो अहेड। मैं कुछ भी करने के लिए तैयार हूँ..."

गाड़ी मिरामार पहुँच गई। लेकिन वे नहीं उतरे। गाड़ी में बैठे-बैठे ही आग्नेलिया ने उसे पहले झिझकते हुए, बाद में आत्मविश्वास के साथ अपनी योजना बताई।

जब तक विराट है तब तक विनोद को फ्री हैंड मिलना कठिन था...और कोई भी चीज़ दो लोगों के बीच बाँटने से अच्छा है कि किसी एक को ही वह भोगने के लिए मिल जाए...

विनोद को बात जँच गई।

"परसों मैं विराट के साथ जिवानी हाउस के टैरेस पर गई थी...किनारे पर पहुँचकर रेलिंग के सहारे खड़े होकर मैंने नीचे देखा था...ओह माई! अ फाल कैन बी फैटल!...तभी मेरे मन में आया था, विनोद...सिर्फ़ एक पुश!...और तुम अपने पिता के अकेले, इकलौते बेटे बन सकते हो..."

"हाउ इजी!" विनोद ने मचलकर कहा, "मैं ये आसानी से कर सकता हूँ! आई कैन डू इट! लेकिन...फिर..."

"इट कैन बी एन एक्सीडेंट! नहीं तो सुसाइड..."

दूसरे दिन शाम सात बजे शादी से सम्बन्धित थोड़ी प्राइवेट बातें करने की ख़ातिर टैरेस पर मिलने के लिए विराट राज़ी हो गया और विनोद की चिन्ता दूर हुई। अगला काम आसान था। ओनली अ पुश! बाद में थोड़ा हंगामा होगा। पुलिस आएगी, पूछताछ होगी। आत्महत्या के हज़ार कारण दिए जा सकते हैं। और गवाही देने के लिए आग्नेलिया तो साथ रहेगी ही। और जब हाथ में पैसा हो तो कितने भी गुनाह दबाए जा सकते हैं...विनोद की बेचैनी चरम सीमा पर पहुँच गई थी।

आग्नेलिया को चिन्ता हो रही थी। कहीं यह ऐन मौक़े पर पीछे तो नहीं हटेगा...अगर विराट टैरेस पर आया ही नहीं तो? बीच-बीच में उसका उत्साह बढ़ाने के लिए आग्नेलिया उसके साथ बनी रही।

सात बजकर दस मिनट हो गए थे। अचानक एक चीख़ उस शान्त वातावरण को चीर गई। जिवानी हाउस के टैरेस से चिल्लाहट सुनाई देने लगी। हंगामा मच गया। नीचे भारी भीड़ इकट्ठा हो गई। सायरन बजाते हुए पुलिस पहुँच गई।

एम्बुलेंस...

पंचनामा...

पूछताछ...

आग्नेलिया चक्कर खाकर गिर गई थी। उसे जो शॉक लगा था, उसका प्रभाव कम करने की ख़ातिर डॉक्टर ने उसे इंजेक्शन दे दिया था। ऑफ़िस के सोफ़े पर वह निश्चल पड़ी हुई थी। कोई उसे हवा दे रहा था।

ख़ुद डी.वाई.एस.पी. ऊपर आए थे।

"कैसी तबीयत है? बोल सकती हैं ना?" उन्होंने डॉक्टर से पूछा।

"शॉक लगा है। पर शी इज़ ऑल राइट!" पुलिस ने सबको बाहर निकाल दिया।

"यू टु मिसेज़ जिवानी।"

और दरवाज़ा बन्द कर उन्होंने आग्नेलिया का स्टेटमेंट ले लिया।

"दरअसल मेरी वजह से ही दोनों के बीच बहस शुरू हुई थी...मैं इनके साथ शादी करने जा रही हूँ, इस बात का पता चलते ही वह पागल-सा हो गया।

कहने लगा, जान दे दूँगा...हमें—हमें सच नहीं लगा। और, इन हिज इमोशनल आउटब्रस्ट उसने, हम रोकें उससे पहले ही उसने..." और आग्नेलिया ज़ोर-ज़ोर से रोने लगी।

"सॉरी, मिस ब्रागांझा, आप अब रेस्ट कीजिए।" डी.वाई.एस.पी. उठ गए और 'ए क्लीयर केस ऑफ़ सुसाइड' कहते हुए बाहर चले गए।

पुलिस को लिफ़्ट तक पहुँचाकर वह वापस आ गया। दरवाज़ा अन्दर से बन्द कर दिया। और आग्नेलिया के पास आकर उसका हाथ अपने हाथों में लेकर उसने कहा, "थैंक्यू नेलिया, यू आर अ जीनियस! मैंने तुमसे कहा ही था, मेरा प्लान फेल नहीं होगा। तुमने अपना काम बख़ूबी निभाया।"

"लेकिन मुझे..."

"तुम बिलकुल चिन्ता मत करना। अगले महीने ही हम सिविल मैरेज कर लेंगे। अब हमें कोई एक-दूसरे से अलग नहीं कर सकता।"

"ओह! थैंक्यू विनोद! आई एम सो हैप्पी!" कहते हुए आग्नेलिया जिवानी साम्राज्य के इकलौते वारिस, विनोद की बाँहों में चली गई।

स्वप्न प्रेमी

अठारह साल की उम्र में जब गोवा आया था तब से वह सुबह साढ़े सात बजने से पहले, वह भी डाँट पड़े बग़ैर, उठ गया हो ऐसा कभी नहीं हुआ था। यतीन दा को सुबह उठते ही चाय की तलब होती थी। रात को बाज़ार से दूध की थैली लेकर आने का काम यतीन दा ने उसको सौंपा था। वह भी पिछले पाँच सालों से बिना चूके रोज़ लाता था। दिया हुआ काम पूरा करना उसके स्वभाव में ही था। लेकिन कल वह भूल गया था।

"ओट्ठ। तारातारी!" यतीन दा बांग्ला में उस पर चिल्ला उठा। "येखोण जाव। पहले दूध की थैली लेकर आओ..." यतीन दा ने आज सिर्फ़ डाँट ही नहीं लगाई थी, पीठ पर मुक्का मारकर उसे जगाया भी था।

वैसे यतीन मिस्त्री के पास लकड़ी का काम करनेवाले और दो मिस्त्री थे। लेकिन लकड़ी की नक़्क़ाशी का काम करने में उसका हाथ पकड़नेवाला दूसरा कारीगर न होने के कारण यतीन दा उसकी ग़लतियों को नज़रअन्दाज़ कर देता था। पर सुबह की चाय की तलब यतीन दा रोक नहीं सकता था।

वह झुंझलाते हुए उठ गया। कितना अच्छा सपना चल रहा था। वह सुन्दर परी उसके साथ गुलू-गुलू बातें कर रही थी। ब्रश करते-करते उस परी का रूप आँखों के सामने लाने का उसने प्रयास किया। लेकिन कोशिश करने पर भी कामयाबी नहीं मिली।

"जल्दी जाओ। पानी गरम करने को रख रहा हूँ। वह खौलने से पहले आ जाना।" यतीन दा फिर से बरस पड़ा।

उसने साइकिल निकाली। कांसावली बाज़ार में पहुँचा। यतीन दा गया भाड़ में; पहले एक चाय लगाते हैं यह सोचते हुए चाय की तलब मिटाने के लिए वह होटल के सामने रुका ही था कि सामने से जल्दी-जल्दी जा रही वह लड़की दिखाई पड़ी। यही तो है वह! तीन साल पहले यूनिफ़ॉर्म पहनकर साथी लड़कियों के साथ स्कूल में जाती हुई दीख पड़ती थी। तब उसे देखते ही उसके दिल में कुछ-कुछ होने लग जाता। इन दिनों कभी भी शाम के समय या इतवार को जब वह दिखाई पड़ जाती, तब लगता मानो दिल पर बिजली गिर गई हो। ऐसी बात नहीं थी कि उससे एकदम जान-पहचान ही नहीं थी। कुछ दिन पहले जब वह एक लड़के के साथ साइकिल पर जा रही थी तब साइकिल की चेन गिर गई थी और फिर अपने हाथों में लगनेवाली ग्रीस की परवाह किए बिना, उसी ने वह चेन डालकर दी थी। तब से रास्ते पर जब कभी एक-दो बार मिलना हुआ था तब वह पहचान दिखाते हुए मुस्कुराई थी और उसके मन में चाँदनी बिखर गई थी।

"शूत्-शूत्," वह पुकार रही थी या फिर वैसा उसे आभास हो रहा था, इसे वह समझ नहीं पाया। वह वैसे ही खड़ा रहा। इतने में वह लड़की पास आ गई।

"प्लीज़, क्या मुझे ज़रा वेर्णा पहुँचा सकते हो? मेरी बस छूट गई—टाइम पर नहीं पहुँच पाई तो बॉस डाँटेगा। प्लीज़।"

वह देखता रह गया। पहले जब वह उसे देखकर मुस्कुराई थी तब अच्छी ही लगी थी। लेकिन आज प्लीज़ कहकर, विनती करते हुए और भी ज़्यादा ख़ूबसूरत लगी। तड़के सपने में आनेवाली परी का चेहरा मिल जाने के कारण भी उसका मन ख़ुशी से झूम उठा था।

उसका जवाब हाँ में ही होगा, यह मानकर चलते हुए लड़की साइकिल के डंडे पर बैठने लगी। वैसे उसे डबल सीट ले जाने की आदत थी। लेकिन दूसरों को वह हमेशा पीछे कैरियर पर बिठाता था। सामने के डंडे पर बैठनेवाली वह पहली थी। पलभर के लिए मन में आया कि उसे बता दें कि अगर पीछे बैठोगी तो जल्दी जा पाएँगे। लेकिन उसकी ज़बान पर जैसे ताला लग गया था।

यतीन दा और दूध की थैली को भूलकर वह उस लड़की को लेकर वेर्णा की तरफ़ बढ़ गया।

"आज मुझे उठने में देर हो गई...टाइटन वाले बाक़ी सब चले गए... मैं पीछे रह गई...अब वेर्णा में बस जल्दी मिले तो ठीक...हमारा बॉस बड़ा खड़ूस है...फ़िज़ूल में डाँटता रहता है..." वह लड़की बड़बड़ करती जा रही थी। उसे लगा था, उसका नाम पूछे, वह उससे उसका नाम पूछे, परी की तरह गुलू-गुलू बातें करे। फिर मैं उससे कहूँगा...

"मेरा नाम मुकुट है। और गाँव कालीहार। कांसावली और कालीहार दोनों गाँवों के नाम में चार अक्षर। दोनों की शुरुआत 'का' से होती है। फिर भी बहुत फ़र्क़ है।"

"तुम्हें अपने गाँव की बहुत याद आती है?"

"हाँ। मुझसे जी लगानेवाले सब लोग हैं वहाँ।"

"यहाँ तुम्हारा कौन है?"

"कल तक कोई नहीं था। लेकिन अब..."

"ज़रा जल्दी पैडल मारो ना," लड़की ने कहा। वह सोच में पड़ गया। वह पीछे के कैरियर पर बैठी हुई होती तो फ़ास्ट जाया जा सकता था। लेकिन... फिर भी उसने ज़ोर से पैडल मारना शुरू किया। ग़लती से पैर पैडल से फिसल गया और दोनों गिर गए तो बाद में वह कभी भी लिफ़्ट नहीं माँगेगी इस बात का डर था।

बीच-बीच में बातें करते हुए वह लड़की गर्दन घुमाकर उसकी तरफ़ देख रही थी। कितने क़रीब से! अगर वह अपनी गर्दन ज़रा सी आगे बढ़ा देता तो मुँह से मुँह लग जाता।

चलो अच्छा है, यतीन दा पीछे पड़ गया था फिर भी ब्रश करके ही बाहर निकला था। नहीं तो मुँह की गन्दी बास से उसे उबकाई आ सकती थी... कल ही टी.वी. पर जो विज्ञापन देखा था वह उसके सामने आ गया। वह नया टूथपेस्ट इस्तेमाल करनेवाला जवान लड़का...उसके मुँह खोलकर 'हाऽ' करते ही सब लड़कियाँ उसकी तरफ़ खिंची चली आती हैं...टूथपेस्ट अच्छा ख़ुशबूदार रहा होगा।

हवा के साथ उड़नेवाले लड़की के बाल उसे गुदगुदा रहे थे। वह सोच रहा था कि यह सफ़र कभी ख़त्म ही न हो लेकिन तभी वेर्णा हाइवे आ गया।

"थैंक्यू, थैंक्यू, थैंक्यू..." दस बार तो कहा ही होगा उसने। लेकिन एक बार भी नाम नहीं पूछा।

"कल भी मिलता हूँ, उसी जगह..." कहने का मन हुआ। लेकिन उससे पहले ही लड़की ने कहा—

"आज हुई सो हुई। भगवान करे फिर कभी इस तरह देर ना हो।"

"होती है तो होने दो ना! मैं हूँ ना!..." फिर एक बार ज़बान ने दगा दे दिया।

दूध की थैली लेकर जब घर पहुँचा तब यतीन दा पानी से भी ज़्यादा खौल रहा था।

"साइकिल की चेन गिर गई थी इसलिए देर हो गई।" उसने बताया और बस बात वहीं दब गई।

उस रात भी वह दूध की थैली लाना भूल गया। लेकिन टी.वी. के विज्ञापन वाला वह नया टूथपेस्ट लाना नहीं भूला।

"सुबह तुम्हारे उठने से पहले ला दूँगा।" ऐसा जब उसने कहा तब न ही यतीन दा ने और न ही रोबी और महबूब ने उस पर विश्वास किया। लेकिन सचमुच किसी के उठाने से पहले ही वह उठ गया। यतीन दा उसी समय उठ रहा था। देखता रह गया। नए टूथपेस्ट से दाँत ब्रश करके, अच्छी सी टी-शर्ट पहनकर उसने साइकिल बाहर निकाली। बूथ पर जाकर दूध ले आया और थैली यतीन दा के हाथ में पकड़ाकर सीधे साइकिल लेकर बाज़ार गया।

कल जिस जगह लड़की मिली थी वहाँ के रास्ते पर आँखें जमाए हुए साइकिल स्टैंड पर रखकर, कैरियर पर कूल्हे टिकाए खड़ा रहा। 'फिर कभी इस तरह देर ना हो...,' कल लड़की ने कहा था। 'रोज़ देर होती रहे...' उसने सोचा था। कल की तरह आज भी वह जल्दी-जल्दी यहाँ पहुँचेगी और मुझे यहाँ रास्ते पर खड़ा देखते ही उसकी जान में जान आ जाएगी...

"मैं जानती थी कि तुम मुझे मिलोगे।" लड़की ने आह भरते हुए कहा।

"चलें? डंडे पर बैठ जाओ।"

टूथपेस्ट के भरोसे उसने दृढ़ता से कहा।

"कितनी अच्छी ख़ुशबू है तुम्हारी!"

"तुमने जो पाउडर लगाया है उसकी ख़ुशबू भी बहुत अच्छी है। और तुम्हारी भी...

"तुम्हारी टी-शर्ट बहुत अच्छी दिख रही है।"

"मैंने कोलकाता में ली थी।"

कृष्णनगर में ली थी यह क्यों बताऊँ? कोलकाता कहने पर वज़न पड़ता है।

"कोलकाता बड़ा शहर है ना?"

कालीहाट से तीन-साढ़े तीन घंटे का रास्ता होने के बावजूद वह कभी कोलकाता नहीं पहुँचा था। सारे काम कृष्णनगर में ही हो जाते थे। अगली बार जब घर जाऊँगा तब एक बार कोलकाता होकर आना चाहिए।

हवा के साथ लहरानेवाले बालों की ख़ुशबू नथुनों में समाए वह वेर्णा पहुँच गया। उतरते ही थैंक्यू कहकर जब वह जाने लगी तब उससे रहा न गया और उसने कहा—

"शाम को मैं तुम्हें घर पहुँचा दूँगा। यहीं मिलते हैं। मैं इन्तज़ार करूँगा।"

"ऐऽ किसके लिए इन्तज़ार करोगे?" यतीन दा की तीखी आवाज़ से उसका मीठा सपना भंग हो गया।

"चेन गिर गई?" कुछ नाराज़गी भरे और कुछ हँसी उड़ाते हुए स्वर में यतीन दा ने पूछा।

उसने कुछ नहीं कहा। चुपचाप साइकिल पर बैठ गया और वापस घर आ गया।

दिनभर मन लगाकर काम किया और साढ़े पाँच बजने से पहले वह साइकिल दौड़ाता हुआ वेर्णा हाइवे के नाके पर जाकर खड़ा हो गया। लड़की कितने बजे पहुँचनेवाली है यह वह नहीं जानता था। अनुमान से गया था और ज़रूरत पड़ने पर कितनी भी देर तक इन्तज़ार करने की तैयारी करके गया था।

पेड़ के पास साइकिल पर एक पैर डाले हुए वह आने-जानेवाली बसों को ताकने लगा। आज लड़की से एक-दो बातें पूछनी ही चाहिए।

"ऐऽ, तुम्हारा नाम क्या है?"

"तुम्हें क्यों चाहिए?"

"जब तुम मेरे सपने में आती हो तब तुम्हें पुकारने के लिए मुझे तुम्हारा नाम ही पता नहीं होता।"

वह हँस पड़ी। मानो चिढ़ा रही हो।

"बताओ ना!"

क्या बताएगी वह?

"कैटरीना।"

वाह, कितना सुन्दर नाम! टी.वी. पर आनेवाली उस एक्ट्रेस की तरह।

इतने में सामने रुकी हुई बस से लड़कियों का एक समूह नीचे उतर गया। उसमें कैटरीना भी थी। बस जाते ही दोनों ओर देखते हुए वह रास्ता पार करके इस ओर आ गई। कैटरीना उसे देख सके इसलिए वह ज़रा आगे बढ़ गया। तब तक वह दूसरे कोने पर जाकर खड़ी हो गई। घंटी बजाने का ख़याल उसके मन में आया। लेकिन साथ में और भी लड़कियाँ थीं, इस वजह से यह सोचकर चुप रहा कि शायद कैटरीना को अच्छा नहीं लगेगा। एक कोने में बाक़ी लड़कियों के साथ कैटरीना खड़ी थी। दूसरे कोने में साइकिल लेकर वह खड़ा था—बीच में सिर्फ़ कांसावली जाने का रास्ता। उसका ध्यान खींचने के लिए वह साइकिल घुमाने लगा। पैडल मारकर आगे बढ़ ही रहा था कि एक स्कूटर आकर रुक गया। शायद वह कैटरीना को देखकर रुका था। बाक़ी चारों को बाय-बाय करते हुए कैटरीना स्कूटर पर बैठ गई और फर्राटे से स्कूटर चला गया।

जाने दो! बोलने का मौक़ा नहीं मिला न सही, कम-से-कम देखने का मौक़ा तो मिल गया ना! और उससे भी ज़्यादा ज़रूरी बात थी उसके नाम का पता लग जाना। ख़ुश होकर वह घर लौट आया।

उस रात सपने में आई परी के पास सूरत भी थी और नाम भी।

सुबह फिर से वह रास्ते पर खड़ा था। एक पैर साइकिल पर डाले और एक पैर नीचे रखकर। कल अगर मेरे पास बाइक होती तो पक्का वह मेरे साथ चल देती...अब घर पैसे भेजते रहना थोड़ा कम करना चाहिए। सुना था कि पिछले साल यतीन दा ने सेकंड हैंड बाइक छह हज़ार में ख़रीदी थी। थोड़ी और पुरानी हो तो चार-पाँच हज़ार में मिल सकती है। ख़र्चा थोड़ा कम कर

दे तो दो महीनों के भीतर ले सकता है। फिर कैटरीना के लिए बाइक साथ लेकर ही आएँगे।

"पीऽक्..."

"अरे तुम? अच्छा हुआ। देखो आज भी मुझे देर हो गई। ज़रा छोड़ दोगे मुझे?"

"इसीलिए तो रुका हुआ हूँ। आओ, बैठो।"

"बाइक कब ली?"

"कल ही। तुम्हारे लिए।"

वह पीछे सटकर बैठी हुई थी। एक हाथ से उसके पेट को कसकर पकड़ लिया था।

"ज़रा फ़ास्ट चलते हैं। मुझे जल्दी पहुँचना है।"

बाइक की गति बढ़ गई। कैटरीना पीछे सटकर बैठी है इस अहसास से ही शरीर पर मुट्ठीभर मांस बढ़ गया था। आधा रास्ता झट से ख़त्म हो गया। अरे रे! उसने स्पीड कम की।

"क्या हुआ? स्लो क्यों की?"

"फ़ास्ट जाएँगे तो जल्दी पहुँच जाएँगे। चाहता हूँ कि तुम कुछ और समय तक बाइक पर बैठी रहो इसलिए..."

"अगर ऐसा है तो सीधे टाइटन में क्यों नहीं पहुँचा देते?"

वाह! नेकी और पूछ-पूछ!

"आज ही क्यों? रोज़ छोड़ दूँगा।"

उसे पता ही नहीं चला कब उसने पैडल मारना शुरू किया। और आश्चर्य! सामने से सचमुच की हाड़-मांस की कैटरीना चल रही थी। साथ में एक औरत थी। शायद माँ होगी। उस पर नज़र पड़ते ही वह मुस्कुराई। और हरसिंगार के फूल झर गए...

ओह, आज इतवार है! इसीलिए इतना सज-धजकर निकली है। वह उनके पीछे-पीछे चलने लगा। चर्च आ गया। वे अन्दर चले गए। साइकिल दूर रखकर, उसे लॉक करके वह भी चर्च के पास चला गया। दरवाज़े के पास खड़ा होकर अन्दर झाँकने लगा। चर्च भरा हुआ था। कैटरीना और माँ अन्दर

जाकर बैठ गए थे। वह वहीं अन्दर दरवाज़े के पास खड़ा रहा। क्वॉयर का संगीत उसे रवीन्द्र संगीत जितना ही मधुर लगा। पादरी की धीर-गम्भीर आवाज़ से चर्च का पवित्र वातावरण और भी सात्त्विक हो उठा था। उसने आँखें मूँद ली। बन्द आँखों के सामने सफ़ेद दुपट्टा माथे पर डाले हुए कैटरीना खड़ी हो गई। उसे देखकर मन्द-मन्द मुस्कुराने लगी—चर्च की मैरी सायबिण की तरह!

मास ख़त्म हो गया। वह बाहर जाकर खड़ा हुआ। कैटरीना बाहर आई। माँ से बातें करते हुए वह रास्ते पर पहुँची और घर की दिशा में चलने लगी। हाथ में साइकिल पकड़े वह भी उनके पीछे चलता रहा...आगे से वह जितनी ख़ूबसूरत दिखती थी पीछे से उतनी ही मस्त दिखती थी। उसे लगा, उसके पीछे यों ही चलता रहूँ, रास्ता कभी ख़त्म ही न हो।

कैटरीना का घर कहाँ है यह उसने देख लिया और कमरे पर वापस लौट आया। यतीन दा उसी की राह देख रहा था। किसी ने उसे बता दिया था कि वह चर्च में मास सुन रहा था। यतीन दा को ग़ुस्सा आया हुआ था। अगर भगवान की याद आ रही है तो मन्दिर में जाओ, चर्च में क्यों? उस पर बहुत चीख़ा-चिल्लाया। लेकिन जब यतीन दा ने विश्वकर्मा की शपथ लेने के लिए कहा तब वह तिलमिला उठा। इसी बात का बहाना बनाकर उसने यतीन दा का कमरा छोड़ने का निर्णय लिया।

कैटरीना के घर के बग़ल में रहनेवाले बस्त्यांव के घर के पास ही एक झोंपड़ानुमा कमरा था। मिट्टी की दीवारें और ऊपर नारियल के पत्तों की छत। तीन सौ रुपये भाड़ा थोड़ा ज़्यादा ही था। फिर भी उसने वह कमरा ले लिया। यह ऐसा क्यों कर रहा है इसे यतीन दा नहीं समझ पा रहा था और इसलिए उससे बड़ा नाराज़ था। कोई और होता तो उसे काम से निकाल देता। लेकिन उसके काम को लेकर कोई शिकायत नहीं थी और उस जैसी नक़्क़ाशी करनेवाला दूसरा कारीगर मिलना मुश्किल था, इसलिए चुप रहा।

नए कमरे से कैटरीना का घर क़रीब था। इस कारण वह रोज़ दिखाई देने लगी थी। उसके लिए इतना काफ़ी था। कभी रास्ते पर दिख पड़ती और उसकी नज़र से नज़र मिल जाती तो मुस्कुरा देती और हरसिंगार के फूल बरस जाते...

जब से वास्को से हावड़ा एक्सप्रेस शुरू हुई थी तब से गोवा में रहनेवाले

बंगालियों के लिए सुविधा हो गई थी। एक दिन यतीन दा ने उससे कहा, "चलो, हम ज़रा गाँव जाकर आते हैं।" उसने सीधे 'ना' कह दिया। वह जान गया था कि कैटरीना को देखे बग़ैर उसका दिन नहीं गुज़र सकता है। टिकट कटाने से पहले फिर एक बार यतीन दा ने उससे पूछा। लेकिन उसका जवाब वही था। आख़िर यतीन दा रोबी को लेकर चला गया। गाँव पहुँचकर घरवालों को यतीन दा कुछ भी बताए इससे पहले ही गाँव में अपने घरवालों को, पड़ोसियों के यहाँ फ़ोन करके उसने सन्देश दे दिया कि वह अगले साल आ जाएगा।

एक दिन बस्त्यांव के बेटे ने कहा, "अरे, आज रात काज़ार है। वहाँ के केटरर ने मुझे हेल्प करने बुलाया है। तुम आओगे? रात के दो सौ रुपये मिलेंगे।"

दो सौ रुपयों के लिए जागना? उसने 'ना' कह दिया। लेकिन फिर बस्त्यांव ने ही बताया, "दुल्हन जेनिफर की मौसी की बेटी है।"

"कौन जेनिफर?"

"अरे वोऽरे! मार्सेला की बेटी।"

पता चला कि माँ-बाप ने नाम रखा था, जेनिफर। लेकिन उसने जो नाम दिया था, कैटरीना, वही उसे ज़्यादा पसन्द था। इस कारण उसने उस नाम को नहीं छोड़ा।

मतलब कैटरीना काज़ार में होगी। बुलावा न होते हुए भी अगर हेल्पर बनकर जाने का मौक़ा मिल रहा है तो क्यों छोड़े? उसने वहीं के वहीं बस्त्यांव के बेटे को 'हाँ' कह दिया।

काम की हड़बड़ी के कारण वेडिंग मार्च शुरू होने तक वह कैटरीना को देख नहीं सका। जब देखा तब उसकी आँखें चुँधिया गईं। साँवला रंग, सुन्दर रूप। साँवले शरीर पर पीले रंग की ड्रेस बड़ी फब रही थी। वह देखता रह गया।

टोस्ट ख़त्म होते ही डांस शुरू हो गया। उसने टी.वी. पर और फ़िल्मों में इस तरह के डांस देखे थे। लेकिन इस तरह लोगों को ठीक सामने नाचते हुए पहली बार देख रहा था। इतने में किसी ने कैटरीना को नाचने के लिए आमंत्रित किया। वह अपना काम भूलकर देखता रहा। सपनों की परी हवा पर तैरते हुए, मटकाते, लहराते हुए हरसिंगार के फूलों की बौछार करते हुए नाच

रही थी। उसे लगा कि वह उसी तरह नाचती रहे और वह उसे देखता रहे।

उस रात से रोज़ रात को वह उसका डांस देखने लगा। कैटरीना डोलती थी, मटकती थी, हवा में ड्रेस लहराती थी, बाल उड़ाती थी। आरी के लम्बे लचीले हिस्से की भाँति उसका शरीर लचकता था। ऊँची एड़ी के सैंडल पहने उसके पैर आगे-पीछे थिरकते रहते...

यतीन दा आ गया और आते ही उसने बम फोड़ दिया।

"तुम्हें घर बुलाया है। जल्दी टिकट कटाओ।"

इसने ज़रूर घर पर कुछ चुगली की होगी, उसे लगा।

"बहन का ब्याह है। पन्द्रह दिन भी नहीं बचे हैं। तुम्हें जल्दी आने के लिए कहा है।"

"तुम यों ही कह रहे हो। शादी-ब्याह क्या ऐसे अचानक तय हो जाता है?"

"अरे, सोने जैसा रिश्ता आया है। दूल्हा कोलकाता में बैंक में प्यून है। अच्छी पगार है। एक महीने की छुट्टी पर जब आएगा तभी ब्याह करके चला जाएगा। नसीब अच्छा है तुम्हारी बहन का..."

तो यतीन दा झूठ नहीं बोल रहा था! फिर भी उस रात गाँव में फ़ोन करके उसने सच्चाई पता कर ली।

हावड़ा एक्सप्रेस का टिकट लेने के लिए जब वह वास्को की बस पर चढ़ा तब उसे सुखद आश्चर्य का अनुभव हुआ। बीच की एक सीट पर कैटरीना बैठी हुई थी। नज़रों से नज़र मिलते ही हाथ उठाकर मुस्कुराई। हरसिंगार के पेड़ को मानो किसी ने हिला दिया था और फूल झरने लगे थे। कैटरीना की ओर आगे बढ़ ही रहा था कि कंडक्टर ने उसे आगे की ख़ाली सीट दिखाकर बैठने को कहा। बीच में एक-दो बार उसने पीछे मुड़कर देखा ज़रूर। लेकिन बीच की गली में लोग खड़े होने की वजह से वह दिखाई तो दी लेकिन आँखों से आँखें नहीं मिल पाईं। नसीब भी क्या खेल खेल रहा था! कैटरीना को छोड़कर गाँव जाना पड़ रहा था, इसलिए बड़ा ख़राब लग रहा था और तभी उसका अचानक इस तरह सामने आ जाना! कहाँ जा रही होगी? उतरते ही पूछना चाहिए।

"हाय, तुम इधर कहाँ?"

कैटरीना ने ही पहले पूछा।

"वास्को स्टेशन पर। घर जाने का टिकट लेने जा रहा हूँ। और तुम कहाँ जा रही हो?"

"मैं? पिक्चर देखने जा रही हूँ। कहते हैं बड़ी अच्छी पिक्चर है! तुम आओगे? मुझे भी कम्पनी चाहिए।"

"लेकिन मुझे स्टेशन पर..."

"पिक्चर स्टार्ट होने में अभी समय है। पहले तुम्हारा टिकट लेंगे बाद में पिक्चर देखेंगे।"

कैटरीना के साथ चलने का मज़ा ही कुछ और है। उसके शरीर की ख़ुशबू पागल कर देती है!

स्टेशन पर फॉर्म लेकर भरने गया तो पता चला पेन नहीं है। कैटरीना ने अपने पर्स से पेन निकाला।

"तुम्हीं लिखो।"

मुर्ग़े के टाँग की तरह दिखनेवाली अपनी लिखावट की शर्म आने के कारण उसने कहा।

"गाड़ी कौन-सी है?"

"हावड़ा एक्सप्रेस।"

"कहाँ से कहाँ तक ये बताओ।"

"वास्को से कृष्णनगर।"

"नाम?"

"आज पहली बार कैटरीना ने नाम पूछा था।"

"मुकुट—मुकुट सूत्रधार।"

"अच्छा नाम है रे! उम्र?"

"तेईस।"

"ट्वेंटी थ्री? सेम है ना रे! मैं भी तेईस साल की हूँ।"

परसों ही पड़ोस के छोटे बच्चे ने उसे एक नई बात सिखाई थी, उसकी याद आई। उसने कैटरीना को धीरे से चिकोटी काटी।

"ओह माँ! क्या है रे?"

"सेम पिंच! दोनों तेईस साल के हैं—इसलिए।"

"बस, बस।"

इतराते हुए कैटरीना ने फिर से फ़ॉर्म उठाया।

"अकेले जा रहे हो?"

"तुम आओगी?"

पलभर सोचने के बाद कैटरीना ने कहा—

"घरवाले मना करेंगे। रहने दो।"

टिकट लेने के बाद कैटरीना ने पूछा—

"वापस कब आ रहे हो?"

"बिये, मतलब काज़ार, ख़त्म होते ही।"

"मेरी याद आएगी?"

"तुम जानती हो कैटरीना, एक दिन के लिए भी अगर तुम दिखाई नहीं देती हो तो मुझे चैन नहीं आता है। छोटी बहन की शादी है इसलिए जाना ज़रूरी है। लेकिन ब्याह होते ही भागते हुए वापस आ जाऊँगा।"

"प्रॉमिस?"

"प्रॉमिस!"

"तो फिर चलो, पिक्चर चलते हैं।"

चिखली के बाद अगले जंक्शन पर बस रुक गई और आँखों के सामने से ही जब कैटरीना नीचे उतरकर चली गई तब जाकर वह होश में आया।

बहन की शादी में सिर्फ़ ग्यारह दिन बचे थे जब वह घर पहुँचा। ब्याह घर में ही था। पर पूरे गाँव में धूमधाम थी। घर में इतनी भीड़ थी—रात को सोने के लिए जो भी जगह मिलती उसको पकड़कर रखना पड़ता था। एक बात अच्छी थी! वह कहीं भी सो जाए—गाड़ी, प्लेटफॉर्म, घर या चौक पर—कैटरीना सपने में आने से नहीं चूकती। वह उससे बातें करता और कैटरीना सिर्फ़ हँस देती। लेकिन जब वह बरामदे में सोया था और वह सपने में आई थी तब उसने बहुत बातें की थीं। सुबह जब उठा था तब उसे बड़ा तरोताज़ा होना महसूस हुआ था। कल से यहीं सोएँगे—लकी जगह है ये! लेकिन सपने

में उसने जो बातें की थीं वे अब याद ही नहीं आ रही थीं। बातें तो की थीं उसने। लेकिन क्या? अब ऐसा करते हैं, कल जब सपना आएगा तब जागते रह जाएँगे—फिर हर शब्द याद रह जाएगा! सोचकर ख़ुद अपने आप पर उसे हँसी आ गई।

"देखो, मुकुट कैसे अन्दर ही अन्दर मुस्कुरा रहा है! क्यों, बिये (ब्याह) करने का इरादा है क्या? बाबा से कह दूँ क्या, तुम्हारे लिए भी एक दुल्हन ढूँढ़ने के लिए?" मौसी ने आँगन में पानी छिड़कते हुए उस पर भी थोड़ा-सा पानी डालते हुए कहा।

"नहीं, नहीं मौसी!" उसने फटाक से कहा। बाबा ने सचमुच गम्भीरता से लिया तो?

"तो फिर ऐसा करो। अब ब्याह के मंडप में बहुत सी शादी लायक लड़कियाँ आनेवाली हैं। उन्हीं में से एक को चुन लेना..."

उठकर भीतर गया तो माँ ने कहा, "अरे मुकुट, ज़रा पंडाल वाले को बता दो। कहना—कल सुबह जल्दी आना मंडप डालने।"

"बस इतना बताने के लिए मैं कृष्णनगर जाऊँ?"

"जाने की क्या ज़रूरत है? तुम्हारे मामा के पास मोबाइल है। फ़ोन करके बता देना।"

गोवा में बहुत लोगों के पास मोबाइल है। यतीन दा के पास भी है। मुझे भी लेना चाहिए था। यहाँ से गोवा में कैटरीना से बात कर सकता था।

"हैलो, कैटरीना, हाँ, मैं पहुँच गया। अब शुक्रवार को ब्याह होगा। शनिवार को विदाई होगी। और तीसरे दिन, मतलब इतवार को, दूल्हे के घर बहू-प्रीतिभोज होगा। उसके बाद मुझसे यहाँ किसी भी क़ीमत पर रहा नहीं जाएगा..."

सत्रह दिन घर रहा ज़रूर, लेकिन मन से वह गोवा में ही था। बाद का ढाई दिन का सफ़र भी उसे मानो पन्द्रह दिन का हो ऐसा लगा। दोपहर तीन बजे जब हावड़ा एक्सप्रेस वास्को स्टेशन पर पहुँची तब कहीं कैटरीना तो नहीं दिख रही है वहाँ, ये देखने के लिए, सबसे पहले उसकी नज़रों ने स्टेशन को छान

मारा। एक बैग कन्धे पर और दूसरा थैला हाथ में लटकाए, हाँफते-हाँफते उसने बस पकड़ ली। कांसावली पहुँचने तक उसके दिल की धड़कन उसे ख़ुद ही सुनाई पड़ने लगी थी। तेज़ डग भरता हुआ वह कमरे पर पहुँच गया। वहीं से उसने देखा कि कैटरीना का घर पेंट करके और पताका, मालाएँ वग़ैरह लगाकर सजाया गया था। बाहर बैठे हुए बस्त्यांव से उसने पूछा, "उनके घर में क्या है?"

"क्या है नहीं, हो गया।"

"क्या?"

"काज़ार।"

"किसका?"

"जेनिफर का।"

मतलब? अब कैटरीना मुझे दिखाई नहीं देगी? उसे लगा जैसे किसी ने उसके दिल पर आरी चला दी हो।

"अब कहाँ है वह?"

"और कहाँ? अपने पति के घर। बाणावली।"

थोड़ी देर के लिए उसे सदमा ज़रूर लगा था। लेकिन उसने धीरज नहीं खोया। पता लगाते-लगाते तीसरे दिन इतवार को तड़के वह बाणावली चला गया और चर्च के बाहर खड़ा होकर इन्तज़ार करने लगा। सात बजे मास ख़त्म हुआ। जो लोग बाहर आ रहे थे उनमें कैटरीना नहीं थी। आगे के मास की राह देखते हुए वह वहीं खड़ा रहा। मास शुरू हुआ। कैटरीना कहीं भी दिखाई नहीं दी। पैर दुखने लगे इसलिए कूल्हे टिकाने के लिए जगह ढूँढ़ रहा था, इतने में एक स्कूटर आकर रुका। उस पर कैटरीना और उसका पति सवार थे। उन्हें आने में देर हुई थी इसलिए आकर जल्दी-जल्दी चर्च में चले गए। अपने तेज़ धड़कते हुए दिल को थामे वह भी चर्च के दरवाज़े पर हाथ जोड़कर खड़ा हो गया।

मास ख़त्म हुआ। वह बाहर दरवाज़े के पास ही खड़ा था। जब पास पहुँची तब कैटरीना की नज़र उस पर पड़ गई।

"अरे, तुम यहाँ कैसे?" पूछा ज़रूर, लेकिन बिना रुके चलती रही।

“अब यहाँ रहने आया हूँ।” कैटरीना ने सुना हो या नहीं इसकी परवाह किए बिना वह बोल गया।

बोला ज़रूर। लेकिन उसे सच करना भी है!

बाणावली में लकड़ी का काम करनेवाले मिस्त्रियों के बारे में पूछताछ करते-करते वह बिलास दा के कारपेंट्री वर्कशॉप पर पहुँच गया। उससे कहा कि अगर रहने का इन्तज़ाम कर दोगे तो कल से ही काम पर आ जाऊँगा। बिलास दा को भी ज़रूरत थी। होटलों के कई ऑर्डर थे। काम करनेवाले हाथ कम थे। ऊपर से यह ठहरा नक़्क़ाशी करने में माहिर कारीगर।

दूसरे ही दिन यतीन दा का काम और बस्त्यांव का कमरा छोड़कर वह बिलास दा के कमरे और कारपेंट्री के काम पर हाज़िर हो गया।

उस रात सपने से जागते ही उसने दिल का दर्द कैटरीना के सामने खोल दिया था।

“अब मैं बाणावली ही रहनेवाला हूँ। मैं हर दिन तुम्हारे घर के सामने से चक्कर लगाऊँगा। हर इतवार को तुम जिस मास को सुनने जाओगी उसमें जाऊँगा।”

उसे चिन्ता थी कि कहीं वह पूछ न बैठे, क्योंकि उसके पास जवाब नहीं था। लेकिन कैटरीना ने नहीं पूछा—

“ऐसा क्यों?”